杓子ねこ
Illust.
2
売られた王女なのに
新婚生活が幸せです

「こんなときだけれど……
いえ、こんなときだからこそ、
わたくしは、
ノシュタット家の妻で
ありたいの」
マデレーネ
兄に命じられ、
ノシュタット家に嫁いだ
元王女。

アラン
ノシュタット領の若き領主。
“成り上がり子爵”と
呼ばれている。

「遅くなってすまなかった。
……あなたに生涯の愛を誓う」
「わたくしも。
アラン、あなたに生涯の愛を」

売られた王女なのに新婚生活が幸せです

2

杓子ねこ

Illust.
甘塩コメコ

Uraretа Oujo nanoni
Shinkonseikatsu
ga Shiawase desu.

Contents

第一章

マデレーネの想い 004

第二章

少年と少女 039

第三章

愛を告げるとき 073

第三章

公爵家からの招待状 101

第四章
王宮へ 140

第五章
あなたの幸せ 200

第六章
はじまり 244

エピローグ
新婚生活が幸せです 264

第一章◇マデレーネの想い

王都へ近づくにつれ、日差しは少しずつ強くなった。

季節は真夏、夏でも涼しいノシュタット領から出た経験のない使用人たちは、照りつける太陽と汗ばむ陽気をものめずらしそうに享受した。

「見たこともない木が生えてますだ」

「てことは見たこともない食材があるかもな！」

ユーリアとリュフの声が馬車まで聞こえて、マデレーネはくすりと笑い、隣に座る夫アランを見た。

幾重にも塗り重ねたような艶やかな黒髪の合間から、鋭い鳶色《とびいろ》の瞳が覗く。しかし冷たくも見えるその瞳の奥に宿るのがやさしい情熱であることを、マデレーネは知っている。

（こんなふうに穏やかな気持ちで王都に戻ることができるなんて、思ってもみなかったわ）

王家の末の姫マデレーネが、北部の〝成り上がり〟と呼ばれるノシュタット子爵アランに嫁いだのは、昨年の冬の初めのころ。命じたのはマデレーネの異母兄であり王太子でもあるイエルハルトだ。

借金の肩代わりと引き替えに嫁いできた王女を、当初はノシュタット家の者も北部貴族たちも敵対心をあらわに迎えたが、マデレーネの真摯な態度に触れて心を開いた。

今の北部領はノシュタット家を中心とし、協力して発展の道を進みつつある。

だが、そうしてマデレーネが居場所を手に入れたのを見計らったかのように、王宮から手紙が届いたのだった。

――すぐに王都へ参上し、王都でも結婚の披露目を開催するように。

その言葉の背後に不穏なものを感じとりつつも、マデレーネは前向きに考えることにした。

(今のわたくしなら、イエルハルト様とも向きあえるはず)

先を思い悩むよりは、自分にできることを信じたほうがいい。

ふと、アランが目を細めた。

マデレーネも「あら」と驚きの声をあげる。

開け放した窓から、一羽の蝶が入り込んできた。光沢のある瑠璃色《るりいろ》の羽をひらめかせた蝶は、マデレーネのリボンへと細い足をおろす。

編み込んだ金の髪に囲まれ、蝶はゆるゆると羽を休めた。

「あなたのことを、花と間違えたか、仲間と間違えたか」

小さく笑うアランへ、マデレーネもほほえみを返した。

近ごろのアランはマデレーネの前でよく笑うようになった。それがふたりきりのときにしか見られない特別なものだとわかっているから、心がふわふわと浮かれてしまう。

マデレーネが心穏やかにすごせるのは、アランが隣にいてくれるおかげだ。

「どちらにしても光栄ね。でも――」

うながすようにマデレーネが指先をさしのべると、蝶は瑠璃色の羽を開き、示されたとおりに窓の外へと飛びたった。

「ふたりきりでいられるのはあとわずかですもの、お帰り願いましょう」

蝶を案じる心配のなくなった頭を、アランの肩にもたせかけ、マデレーネははにかんだ。

(このひとは、まったく……)

頬を赤く染めながら、アランは内心でぼやく。

甘えることを知らなかったマデレーネは、持ち前の生真面目さでアランに寄り添おうとしてくれる。甘えるのも甘やかすのも下手だと自覚しているアランにとってはありがたいことだが、だからといって、愛情表現を妻にばかり任せているわけにもいかない。どうやら使用人たちにも気を遣わせているようだし。

不器用に髪を撫で、それからやはりどこかぎこちないキスを額に贈るアランを見上げ、マデレーネは幸せそうに笑った。


忍び足で戻ってきたユーリアを出迎えたのは、半笑いのリュフだった。

「……あいかわらずなのか?」

「へえ、おふたりとも、モジモジしながらイチャついておられますだ」

飲み物や軽食の差し入れ、旅程の報告、その他ご機嫌うかがいなど、事あるごとにユーリアは主人夫妻の乗った馬車に忍びよっては、馬車の壁をぶち抜いて伝わってくる〝ふたりきりになりたいオーラ〟に押し戻されていた。

　マデレーネが嫁いできたばかりのころのアランの突き放した態度を思えば――いや、想いが通じあってなお一歩を踏みだせないでいたほんのふた月前のことを思ってみても、ふたりの距離は縮まっている。

（スウェイさん……！　スウェイさんの努力が実を結んでおりますだ）

　ノシュタット領から王都までの道のりは、およそ半月。日中は馬車で移動し、夜は宿をとる。融通の利かない主人からの、妻と「別室にしろ」という命令に逆らいすべての宿を同室で手配したのが、王都に向かう前のユーリアが最後に見た執事スウェイの仕事だった。

　そんなだから、ふたりの時間はなるべく邪魔したくない。

（旦那様や奥様は、周囲の目を気にせずイチャコラ……って性格ではねえものなあ。これだけは手のかかるお方らですだ）

　機会を見計らいつつ、そろそろと足音を忍ばせ、ユーリアはふたたび馬車に近づいた。

　今度はマデレーネは窓から外を眺めていて、ユーリアに気づいて手を振ってくれた。

「旦那様、奥様、じきに屋敷へつきますだ」

「ありがとう、ユーリア」

　声をかけると、返事と一緒にマデレーネの笑顔が返ってきた。

　日差しを浴びて輝く金髪も、透き通るような肌も澄んだ青い瞳も、すべてが完璧に作られた宝飾品のよう。

（はあ～、やさしくって美しくって、やっぱり奥様は完璧なおひとですだ）

先ほど手がかかると思ったことは忘れて、ユーリアは幸せにひたった。

マデレーネが嫁いできて、訛《なま》りも直らぬ農村育ちの自分が侍女だと言われたときには恐怖に襲われた。しかし今では、この地位は誰にも渡したくない。

「屋敷の準備はできてるんだよな？」

くるくると幸せの舞いを踊り始めるユーリアにリュフが苦笑しつつ問いかける。

「へえ。もう何年も使っとらんで、使用人も半分はいねえようになっとったんで、口入れ屋から人を雇ったと。掃除やら部屋の支度やらはすんどるそうです」

アランの代になってから、王都に行ったことはない。だからユーリアも王都にある別邸を見たことがなかった。

「で、おれたちが行って、晩餐会の準備をすればいいわけか」

「キッチンも、半分は閉じとったそうで、きれいに掃除してくださると」

リュフの言葉にユーリアは頷《うなず》きつつ、じろりと半眼になった。

「城を出る前《めえ》にスウェイさんとベルタさんが説明してくださったではねえですか？　聞いとらんかったのですか？」

「お前、スウェイに似てきたなあ……」

突き刺さるような視線に、領地に残る辣腕《らつわん》執事を思いだし、リュフは唇の端を引きつらせた。

◆

王都は、広大な王宮とその周囲に群れるように身を寄せる貴族の別邸、商家、工房、居住地、雑多な区域などからなる。飢饉《ききん》の際には多数の被害を出したが、現在は持ち直し、人口も年々増えている。

そんな王都の喧騒を遠目に、田園風景に近い北の外れにノシュタット家の別邸はたたずんでいた。重厚な煉瓦造りのいかめしい建物の周囲には、最低限の馬車停めがあるだけで、風雅な庭園が造り込まれているわけでもない。

馬車の気配を察知して、屋敷から使用人たちが姿を現した。左右に並んで出迎える使用人たちの前で、馬車は停まり、ドアが開く。

先に降りたアランにエスコートされながら、マデレーネは屋敷を見上げた。

（ここが、ノシュタット家の王都別邸……）

夏の空気を透かして見る建物は、領地のサン＝シュトランド城に似て、ものものしい様式なだけにどこかそっけない印象があった。質朴といえば聞こえはいいが、最低限の体面をたもっているだけともいえる。おそらく内装も、サン＝シュトランド城と同じく、無駄を省いた機能性重視なものになっているだろう。

イエルハルトからの指示は、北部で行ったのと同様に、王都でも中央貴族に向けて披露目の晩餐会を開くこと、というもの。

（中央貴族の皆様をお呼びするのであれば、もう少し華やかさがほしいわね）

改築が必要だろうか、とアランを見上げれば、同じことを考えていたらしい彼と目があった。

（いけねえ！）

主人夫妻が家政《しごと》モードに入ろうとしたのを察知したユーリアは、ずいっと彼らの前に歩みを進める。

「旦那様も奥様も、長旅でお疲れでしょう！　さあ、お身体を休めてくだせえませ」

疲れているのだ、休む以外の選択肢はないのだと声色に滲ませながらユーリアは告げる。

飢饉で両親を亡くしながらも領地を守り抜き、ノシュタット領を発展させたアランはもちろんのこと、国内外の多種多様な知識を身につけ、女主人としての能力も高いマデレーネも、ともすればすぐに仕事へ頭が向いてしまう。

――いいか、ユーリア。旦那様は放っておくと働きすぎる。俺のかわりに止めてくれ。

出立前、スウェイに言われたことがユーリアの脳裏によみがえった。ちなみに旦那様《アラン》命な執事はそのほかにも、毎週三十行は手紙を書いて王都での状況を伝えるようにとユーリアに〝お願い〟している。

ユーリアの言葉に、使用人たちの先頭にいた壮年の男が屋敷の扉を開け、中を示した。大柄な体格にオールバックの外見は威圧感をまとうが、目じりの笑い皺《じわ》が雰囲気を和らげる。

「ロブ」

「はい、お久しぶりでございます、坊ちゃま――いえ、旦那様」

名を呼ばれ、ロブは胸に手を置き深々と頭をさげた——と、思えば、ガバッと腕を目元に当て、

「くうう……っ！」と絞りだすような呻きを漏らす。

　袖を涙で濡らすロブに、アランは苦笑し、マデレーネは目を丸くしている。

「先代様亡きあと、この屋敷を守ってまいりましたが……ッ、奥様にお目見えできる日がくるとは……ッ、じいやは、感無量にございます」

「ああ、ロブがいてくれたおかげだ。領地にこもってばかりで悪かったな」

「いいえ、わたしこそ、旦那様のお力になれず申し訳なさの募る日々でございました……！」

　うおおん、と腹からの男泣きが響いた。

「ロブさん、変わってねえな……」

「昔からこんな感じなんですだか？」

「スウェイやお前が旦那様に拾われたように、ロブさんも大旦那様に拾われたらしい」

　ロブの勢いに気圧《けお》されていたユーリアは、リュフの言葉に納得した。

　サン＝シュトランド城の使用人たちは、飢饉の際にアランに拾われた者が大半だ。当主を継いだばかりのアランには、信頼できる部下がほとんどいなかった。王都の屋敷をロブが守っていたからこそ、アランは領地での仕事に打ち込むことができたのだろう。

　ひとしきり泣き濡れたロブは、涙を拭ってマデレーネにも礼をした。

「奥様、お初にお目にかかります。執事がわりの管理人を務めております、ロブ・ジャンと申します。旦那様と、どうか、末永く……ッ」

ふたたびロブの目から滂沱《ぼうだ》の涙があふれだした。

「ええ、ありがとう、ロブ。これからよろしくね」

ロブの真摯な想いに心打たれたマデレーネも、目を潤ませている。

（そこで引かねえところが奥様の素敵なところですだ）

「ううっ、ではさっそく、お部屋にご案内いたしましょう」

ロブの掛け声で、続く使用人たちが主人夫妻の荷物を運ぶ。

階段をのぼり、廊下をしばらく進んだところで、ひときわ大きな両開きの扉の前でロブは歩みを止め、またあふれそうになっている涙を拭いた。

「こちらが旦那様と奥様のお部屋になります。ユーリアさん、荷ほどきの監督を」

「あ、はい！」

スウェイもベルタもいない今、主人に一番近い立場の使用人は侍女頭であるユーリアだ。とはいえ侍女歴八か月のユーリアに詳しいことはわからないので、これもスウェイから、どの荷物がアランのものでどの荷物がマデレーネのものか、屋敷についたらどのように配置すればいいかの説明を受けている。

わたわたと指示を出すユーリアとは離れ、ロブはアランとマデレーネを室内に案内する。

「こちらが寝室、こちらが浴室です。こちらがクローゼット、こちらが化粧室。リュフ殿とユーリア殿の控え室はこちらに。おふたりの部屋は一階にもあります」

（……あ！　ふたり部屋だんべ！）

　気づいたユーリアは思わず振り向いた。

　ゴード男爵領に招かれた際、用意されたふたり部屋に主人夫妻が赤面して固まっていたのは記憶に新しい。

　けれども、スウェイの差配によって半月のあいだ同室にされ続けた彼らは、わずかに頬を染めた以外の反応を表に見せることはなく。

「素敵なお部屋ね」

「次は屋敷内をご案内いたしましょう」

「ああ、頼む」

　部屋を出ていくふたりの手が、自然に重なりあう。

　その後ろ姿を見送った途端、ユーリアの胸に熱いものがこみあげてきた。

（ああ、心配《しんぺえ》すっことなんて、なかったんですだ）

　寄り添う主人夫妻を見送り、ユーリアは目頭をハンカチで押さえた。

　たぶんこれはロブの影響だ、と思いながら。

◆

　書き物机に向かいながら、アランはぼんやりとソファに腰かけるマデレーネを見つめていた。

　屋敷での初めての食事は申し分のないものだった。就寝の支度もすんだ。ロブらの配慮によって調《ととの》えられた部屋の居心地はよい。

いつもはまとめている髪をおろしたマデレーネは、歳相応のかわいらしさをそなえる。楽しそうに読んでいる本は、相当の知識がなければ読み通すことは難しいと言われる『農耕全書』だとはいえ。

自分がマデレーネに見惚《みと》れていることを、アランは自覚していない。無表情のまま、手にはペンを持ち仕事をしているように見せかけて、手元にあるのは真っ白な便箋だ。

アランにとって、マデレーネは手の届かない存在だった。両親とともに訪れた王宮で、地位の隔てなくやさしい笑顔を向けてくれた王女。

イエルハルトから婚姻を持ちかけられたとき、自分はそのような身分ではないと一度は断った。

(俺は、彼女を手放すつもりだった)

最初に冷たくあしらったのは、マデレーネを自分のものにしようなどという大それた気持ちを持つことができなかったからだ。マデレーネに押しつけられた借金を清算し、自分の役目はそれで終わり。いつでもマデレーネを手放せるようにしなければならないと信じていた。

想いが通じあい、王女と臣下ではなく妻と夫として接しあおうと約束したのは、そんなふたりの関係を前進させたかったから。

しかし――。

(……新婚旅行とは、なにをするものなのだろう)

――これも新婚旅行だと思えば楽しみね。

領地を発つ際に笑顔でそう言った妻を思いだしながら、アランは天井を仰いだ。

使用人たちからも心配され続けてきたほど仕事ひとすじだったアランには、その先の想像がつかなかった。ユーリアが涙ぐむほどの仲睦まじい夫婦っぷりはすべて無自覚である。

（一般的な貴族の婚姻であれば、婚約期間がある。そのあいだに互いを知り、距離を縮めていくものだろうが、俺たちにその時間はなかった）

ならば、今からでもきちんと手順を踏まなければならないのだろうと、ユーリアが聞けばひっくり返りそうな結論に達してアランはひとり頷いた。

（たとえば……まずは、贈りものはどうだ）

自分にしてはなかなかの思いつきだ、とアランは内心で自賛する。

ふと顔をあげたマデレーネが、真剣なまなざしのアランと目があったのは、そのときだった。

「アラン？　どうしたの？」

マデレーネが本を置き、近づいてくる。

「いや……」

なんでもない、と言う前にマデレーネは隣に立ち、かと思えば頬を染めた。

「？」

マデレーネの視線を追って手元の便箋へと目を落とし、アランは声をあげそうになった。

そこには、無意識に書いたのだろう妻の名が、マデレーネ、と綴《つづ》られていた。

「こ、これは、手が勝手に」

言い訳めいた口ぶりで呟《つぶや》いてから、なんの意味もないことだと気づいたときには、マデレーネは照れた顔で目を泳がせていた。

「……明日はおめかしをするわ」

アランの表情をうかがう視線を送り、マデレーネは呟く。

明日は、大工の組合《ギルド》へ行く予定だ。まずは屋敷の修繕を手配しなければならないというのが、夕食時に一致した意見だった。だが、大工に会うのにおめかしは必要ない。マデレーネがそう言ったのは、アランとの外出だからだ。

「新婚旅行だもの、楽しんでもいいでしょう？」

悪戯っぽく笑うマデレーネは、幼いころに出会ったお転婆姫の面影を留めていて。

アランがマデレーネとの距離を縮めようと考えていたように、マデレーネもアランとの時間をどうすごすかを考えてくれていたのだ。

そう思えば、アランの表情もゆるむ。

肩にたらした金髪をひと房すくい、口づける。立ちあがったアランは、赤くなったマデレーネの頬にももうひとつキスを落とした。

「……俺にもおやすみのキスを返してくれないか」

ねだるように背を屈《かが》めるアランに、マデレーネはぱちぱちとまばたきをする。すぐにその目は細められ、アランの肩に手が添えられた。

「おやすみなさい、アラン」

マデレーネからのキスは、ほほえみの形で贈られた。

◆◇◆

朝の支度をすませたマデレーネは、まばゆいばかりの美しさを放っていた。

頬を染めたマデレーネに「アランと出かけるから、おめかしがしたいの」とうちあけられて、ユーリアは持てる限りの技術でマデレーネの装いを整えた。

編み込んだ髪は小粒の真珠を連ねたリボンで結い、真珠の耳飾りであわせる。ドレスは、夏の日差しにあうやわらかなイエローに、花のモチーフのワンポイント。高貴なムードも残しつつ、マデレーネの表情によっては愛らしくも見えるはずだ。

これまで北部の空気にあわせ、どちらかといえば落ち着いた雰囲気の、優雅に見えるドレスを着ていたマデレーネだが、今朝の笑顔にはかわいらしいものが似合うような気がする。

「すばらしいわ、ありがとう、ユーリア」

姿見の前に立ったマデレーネは嬉しそうに笑い、それから少しだけ視線を伏せた。

「アランも……いいと思ってくれるかしら。……ユーリア？　どうしたの？」

「いえ、なんでもねえですだ」

よろめきかけたユーリアにマデレーネが不思議そうな声で問う。まさか主人がいじらしすぎて意識を失いそうになったとは言えなかった。首を振り、ユーリアは背すじをのばす。

「もちろん、旦那様も見惚れなさるに決まっておりますだ」

　ユーリアが力強く受けあえば、マデレーネは笑顔になった。

　実はこの部屋へくる直前、通りかかった廊下の隅で、アランとロブが真剣な顔で話しているのをユーリアは見かけていた。

「……妻になにか、贈りものをしたいのだが……」

　ぼそりと呟くアランの声は、ユーリアの耳にたしかに届いた。感激したロブのすすり泣きも。

（そういやあ旦那様はいまだに花束のひとつも贈っていなさらねえですだ）

　そう気づいたユーリアは微妙な顔になったものの、（でもこれも前進ですだ）と心の中でアランを励ましてその場を離れた。

　この旅も新婚旅行のようなものだとマデレーネは言った。馬車でも屋敷でも幸せそうなふたりは、その言葉どおり互いに愛を示そうとしている。

（うまくいくに違《ちげ》えねえ）

　そんな安堵感にユーリアはひたりきっていた――この女主人も旦那様《アラン》同様、仕事好きなことを忘れて。

　もう一度鏡を見てほほえんだマデレーネは、「でも」と表情を引きしめた。

「浮かれすぎて、女主人としての仕事をおろそかにしてはいけないわね」

「……んん？」

「そうだわ！」

　話が横っちょに飛んでいきそうだと首をかしげるユーリアの前で、マデレーネはぱっと目を輝かせる。

「リルケ夫人が言ってくださったの。わたくしはもう、ノシュタット領になくてはならない存在だと」

「そらあそうですだ」

ノシュタット領の教育や制度改革などはマデレーネの指揮で始められたものだし、それを抜きにしても、ノシュタット家のみならず周辺領の貴族たちもマデレーネをノシュタット夫人と認識している。農民たちのあいだにも「とんでもねえ別嬪《べっぴん》なうえにかしこくてやさしい奥様」の話は伝わっていた。帰省のたびに率先して語りまくったのはユーリアだ。

「アウロラ先生にお手紙を書いて、カリキュラムを増やしていただきましょう。ヴェロニカ様やゴード様にも北部の様子をうかがうわ。そうすればアランとの話題にもなるし」

「奥様……」

たしかに領地経営はアランがマデレーネと照れることなく語りあえる話題だとはいえ、

（また家政《おしごと》の話になっちまってるだす……！）

母エリンディラ王妃の血を受け継いだマデレーネは、根本的に経営熱心《ワーカホリック》なのである。

（紙とペンを置いて……！　お外デートをしてくだせえ！）

「朝食のあと、お手紙の準備をしてくれる？」

「……承知しますだ」

侍女の立場でド直球な心の声を表に出すわけにはいかず、ユーリアはしずかに頷いた。

言葉どおり、マデレーネは朝食のあとに手紙を書いた。

マデレーネがどうぞと言うので、ユーリアも恐縮しつつ、その隣でスウェイへの手紙を書いた。なにをどう書けばよいのかわからなくて王都到着から先ほどの朝食までを切々と綴った手紙は書きあげるのに丸一日かかり、スウェイの指示しただけの文量になった。

（スウェイさんはこんことを見抜いていらしたんだべ……！）

そんなわけはないのだが、スウェイの能力を信頼しきっているユーリアは、かの執事の先見の明に慄《おのの》いた。

マデレーネのドレス姿を見たアランが頬を染めて「きれいだ」と言ってくださったことはとくに念入りに書いた。朝食は和《なご》やかに進んだけれども、ときおりアランがマデレーネに見惚れて手が止まっていたのをユーリアはちゃんと見ていた。

おめかしをしたマデレーネは本人の想像以上にアランの心を撃ち抜いたのだが、そのことにマデレーネは気づいていない。

（じれったすぎて焦げちまいそうですだ……スウェイさん、おらどうしたらいいんだべか……）

手紙にすべてを託す気持ちで、ユーリアはそう締めくくった。

混乱と弱音と綴りミス・文法ミスにまみれた手紙を解読したスウェイが、「俺も旦那様の惚けたところを見たかった……」とハンカチを噛みしめるとは知らずに。

◆

組合《ギルド》を訪ねると、大工はすぐに紹介された。

組合屋敷は石塀をめぐらせた堂々たる構えで、門から正面玄関に続く小径《こみち》は石畳になっており、屋敷の中央の窓にはステンドグラスも掲げられていた。

大工の組合であるから技術を惜しげもなく見せつけるのは当然としても、貴族の屋敷なみだ。事実、王都の建築士や大工は王宮の改修を行うこともあり、中級貴族の待遇を与えられている者もいる。

ぽかんと口を開けて眺めているユーリアをそばに置き、アランとマデレーネは親方と修繕について話しあった。

「社交シーズンも終わって、ちょうど手があいておりますよ。明日にでもお屋敷へ見積もりにまいりましょう」

副組合長であるという堂々とした体格の男は胸を張ってすぐに請け負った。

「ただしひとつ。この時期は商人の行き来が減るぶん材木の代金があがる。シーズン中よりは高くつきますぜ」

「契約前に良心的だな」

「そりゃあね、あとから文句つけられても困りますんで」

シーズンが終わっても中央に留まる貴族たちは多いが、領地へ戻る貴族たちもそれなりにいる。

買い手の減った時期には材木は出まわらなくなるから、買いつけも割高になってしまう。

あくどい者ならば、なにくわぬ顔で引きうけて余分に費用を請求することもあるだろう。だが彼は料金上の問題をあらかじめ提示した。だから良心的だと言ったのだ。嘘は言わないが媚びへつらうわけでもない、職人然とした態度は好感が持てる。

相手からしても、アランは信頼に足る雇い主に見えたようだ。

「ノシュタット子爵様か。金にがめついと聞きましたが、どうやらそうでもないらしい。あたしらも安心して仕事ができそうだ」

「ああ。費用は気にしなくていい。それよりも早く屋敷を人が呼べるようにしてほしい」

「合点です。奥様はなにかご希望が？」

親方の視線がマデレーネに向いた。

「ええ、キッチンに大きなオーブンを据えつけてほしいのです。それから、燻製窯も」

「ははあ、なるほど」

リュフの描いた見取り図をマデレーネは親方に手渡した。どうせ半分は使っていなかったのなら、そちらも改装してしまおうということになったのだ。

「できあがりを楽しみにしておりますわ」

「こりゃあどうも、ご丁寧に……もったいないことで。大船に乗ったつもりでお任せください。あたしら、王宮の修繕を請け負ったこともございますからね」

ほほえむマデレーネに親方は顔を赤らめながら頭をかいた。

（ひゃあっ、だ、旦那様……）

途端にムッとした表情になるアランにユーリアは首をすくめる。気合を入れたおめかしは、アラン以外の心も撃ち抜いてしまったようだ。

そのうえ、どうやら腕が立つぶん物怖じしない性格らしい親方は、口元に手を当ててそっとアランに囁いた。

「旦那様はやるべきことを淡々とこなすことのできるお方とお見受けしました。でもね、ご婦人はそれだけじゃあついてきてくれませんぜ」

黙り込むアランに、親方は善意からとわかる笑顔を向けた。

「たまには花でも贈りなさいまし」

（ひえええええええ‼）

王都の職人は人間を見抜く力でも持っているのか。アランが花すら贈ったことがないと、どうしてわかるのだろう。

ハラハラと見つめるユーリアの前で、アランは無言で帰り支度を整えた。

「では、頼んだぞ」

「承知しました。明日からとりかかりましょう」

出入り口へ向かいかけ、アランが懐から小袋をとりだした。テーブルに置かれたそれはずしりと重い質感を持つ。

前払い金ならすでにたっぷりと受けとった、と不思議そうに親方が持ちあげるのに、

「追加の酒代だ」

「へえ、これはこれは」

「せいぜい立派な領主様からのご依頼だとでも吹き込んでおいてくれ」

「ありがとう存じます。たしかに」

小袋を押しいただくようにして深々と頭をさげる親方に頷き、アランはマデレーネを伴って外へ出た。

「なるほど、花か……」

その小さな呟きは、戸口を開けて待っていたユーリアにしか聞こえなかったようだ。


アランとマデレーネは、次に植木職人の店へと馬車をまわし、庭の手入れを頼んだ。馬車停めを作り直すついでに、日よけの並木も整備しようということになったのだった。

店の裏手にはこぢんまりとした庭があり、日よけのひさしの下では、野菜や花が売られていた。

「見て、これは新種のにんじんですって。甘みゆたか、煮てやわらかい」

（奥様……！）

さっそく花ではなく野菜のほうへ興味を持つマデレーネに、ユーリアは額を押さえた。

「そうか」

「皮は香辛料を添えてハーブと漬ければピクルスになるわね」

「そうか」

「まあ、このお花は食べられるそうよ」

「そうか」

(旦那様も、もう……!!)

サン=シュトランド城の使用人は若者ばかりだったから、恋の話に花を咲かせることはあっても、実際にデートを経験した人間はひと握りだった。スウェイに憧れ続けていたユーリアにも、本当のところデートがどうあるべきかはわからない。

美しく手入れのされた庭で語りあうふたりはたしかにデートしていると言えなくもない。

それでも、こういう場合にアランは、「どの花よりも君のほうが美しいよ」とか、そういうことを言うべきなのではないだろうか。

アランも生返事というわけではない。腕組みをして頷いているアランはマデレーネの話を興味深く聞き、感心もしている。その一方で、売り物の花が気になって仕方がないらしく、ちらちらと視線を送っている。

(奥様……！　食べもんのお話ではねくて、もちっとムードのあるお話を！)

そうすればアランも花を贈るきっかけができるというものだ。

ユーリアの念が届いたのか、マデレーネは、

「あら、わたくし食べる話ばかり」

と口元を押さえた。

「美しい庭ね。大通りからは少し外れているから、王都の中とは思えないくらい静かで、風は涼

やかで……」

花壇には明るい色をした夏の花が色とりどりに咲き誇っている。足元を花に囲まれたマデレーネは妖精のようだ。

吹く風に面を向け、マデレーネは目を閉じた。ふんわりと金髪が揺れる。

（いい雰囲気になったですだ……！）

聞いていませんよ、という思いを込めて、ユーリアは庭の端へと歩みを進めた。普段ならば主人から離れることはないが、こういうときはそうするものだとスウェイが教えてくれた。

アランもまた、ユーリアの心遣いを感じとった。

マデレーネの手をとり、肩を抱きよせる。

「朝も言ったが、今日のあなたはとてもきれいだ」

おめかしをする、と昨夜のマデレーネは言った。今のこの姿が自分のためだと思えば、愛おしくてたまらない。

「花を贈らせてくれるだろうか」

「ええ、よろこんで」

くすぐったそうにマデレーネも笑い、ほんのりと温かくなった胸に手を当てる。

妻のために花を選ぶアランは、難問に立ち向かうような顔をして懸命にドレスとの色合いを考えている。

「……幸せね」

マデレーネの呟きに応えるように、吹いた風が髪を揺らした。

その背後ではユーリアが、両のこぶしを青空に振りあげていた。

庭の隣は、菜園の区画になっていた。整列した畝《うね》に、先ほどマデレーネが言った新種のにんじんが植えられている。やってきた客へ庭の作り方を見せつつ、売り物をアピールする狙いもあるのだろう。

ぴったりと距離の近づいた主人夫妻を遠目に確認し、マデレーネがこの場所を見つけなくてよかった、とユーリアは思った。見てしまったら、菜園に夢中になって、もういい雰囲気には戻れない。

マデレーネは農作物にとても詳しい。虫や蛇にも怯えない。土中から芋虫がコンニチハしても「あら、ごきげんよう」と笑顔で返せる胆力の持ち主である。

それは母からの影響とともに、王宮での過去も原因のひとつなのだろう。アランはヨハンから詳しく聞いたそうだが、マデレーネが語らない以上、自分は聞くべきではないだろうとユーリアは思っている。

（マデレーネ奥様は、兄君様に呼ばれて王都へいらしたんだべな）

ここへくる前に大通りから見上げた王宮は、森のような庭園から屋根の一部が見えただけだった。サン＝シュトランド城よりもまだ広いというその敷地は、ユーリアの村ならすっぽりと入ってしまうほどだし、王宮内には部屋が何百もあるとか。

（なのに奥様は、すりきれちまいそうなドレスだけを持ってお輿入《こしい》れなさった）

そのことを考えれば、ユーリアの胸には不安がよぎる。

どうかすべてがうまくいきますように、とユーリアは願った。

◆◇◆

屋敷へ戻ったアランとマデレーネを出迎えたのは、第二王子カイル・メルヴィ訪問の報せだった。馬車のつくなり転がるように玄関から出てきたリュフが、そう告げたのだ。

「カイルお兄様が？」

「早いお帰りでようございました。ロブさんが応対してくださってますが……急だったもんで、まあちょっとした騒ぎでしたぜ」

話を聞いたアランとマデレーネも、急いで応接間に向かう。

扉を開け、部屋にたたずむカイルの容貌にマデレーネは息を呑んだ。

マデレーネに似たウェーブがかった金髪を揺らしてほほえむカイルは、以前と変わらないように見える。けれどもその表情には消すことのできない疲労が滲みでていた。

「カイルお兄様……！」

「久しぶりだね、マデレーネ」

「少し……お痩せになりましたか……？」

駆けよったマデレーネは悲しげに声を震わせた。

カイルの手紙はいつもやさしくて、ノシュタット領で居場所を作りあげていったマデレーネを祝福してくれた。だから気づかなかったのだ。マデレーネのいなくなった王宮で、カイルは孤独に戦っていたに違いない。

「ああ。しかし大丈夫だよ」

なだめるようにマデレーネの肩に手を添え、カイルはアランを見た。

アランは深々と頭をさげ、臣下の礼をとる。

「お初にお目にかかります、王子殿下。ノシュタット家当主アランと申します」

その生真面目な態度にカイルは口元をほころばせた。

マデレーネが手紙に書いた人物像と目の前のアランとは、食い違うことがなかった。ならばマデレーネが幸せに暮らしているというのも事実なのだろう。

「貴殿にはたくさんの世話をかけた。どうかカイルと親しく呼んでほしい」

「もったいないお言葉です。本日は、お待たせして申し訳ありません」

「いいんだ。ぼくも突然きてしまった」

カイルの表情に翳《かげ》りがよぎる。本来ならば、王族の訪《おとな》いは先触れを立てて準備を整えさせるものだ。いくら王女の嫁いだ家とはいえ、なにも言わずにやってくることはありえない。

「人払いを」

カイルが言うと、護衛の騎士たちとロブは応接間から退出した。室内には、カイル、アラン、マデレーネの三人だけになる。

　扉が閉まったことを確認し、カイルは口を開いた。

「兄上に、マデレーネには会うなと言われている」

　告げられた言葉にアランは眉をひそめた。アランとマデレーネが王都に出てきたのは、イエルハルトの呼び出しがあったからだ。身のまわりが落ち着けば王宮にうかがわねばならないと考えていた。それが、弟には会うことを禁じているとは。

「なにゆえでしょうか？」

「わからない。だが、ここにも長くはいられない」

　カイルは首を振る。イエルハルトの考えていることはカイルにも読めない。ただ、マデレーネをさらに利用しようとしていることだけは察せられた。

　うつむいていたカイルはこぶしを握り、顔をあげた。

　真剣な——それでいてどこか気持ちを押し隠したようなまなざしが、マデレーネに向けられる。

「マデレーネ。ぼくは、兄上と……いや、イエルハルトと戦う」

　カイルの瞳には決意が宿っていた。

　イエルハルトの仕打ちにもかかわらず、マデレーネは幸せをつかみとった。それは彼女自身の強さがもたらしたものだとカイルは思っている。

　——なら、自分はなにをした？

　そう自問したとき、立ちあがるなら今しかないとカイルは悟ったのだ。

「ぼくはイエルハルトに、フォルシウス公爵の宰相罷免《ひめん》を進言した」

フォルシウス公爵といえば、飢饉の際に王家に金を貸しつけた人物だ。飢饉の混乱にまぎれ、フォルシウスは宰相の座を手にした。ほかにも黒い噂は多い。

これまで彼を罷免できなかったのは、借金という弱みがあったからだ。

その借金はノシュタット家が肩代わりしたことにより清算された。だからフォルシウス家とはもう手を切れるものだと、カイルは思っていた。

「だが、進言は聞き入れられなかった」

その理由を、イエルハルトは語らない。これまでも、たったひとり執務室に閉じこもり、政治の場にカイルを寄せつけようとしなかった。

「フォルシウスは国のための政治などしない。やつを選んだイエルハルトも――マデレーネ」

マデレーネの手をとり、カイルは眉根を寄せた。

「ここで披露目の晩餐会はしなくていい。イエルハルトはなにかを企んでいる」

「カイルお兄様……」

思わぬ選択肢を示されて、マデレーネは視線を伏せた。

カイルが自分のためにそう言ってくれていることはわかる。ノシュタット領を発つ前のマデレーネも、晩餐会が名目どおりの祝賀ではないと感じた。

(でも――)

マデレーネはアランを見た。寄り添うアランはなにも言わず、マデレーネに頷いてみせた。

それは、マデレーネの答えがなんであれ受け入れるという意思表示だ。

その表情に背中を押され、マデレーネはカイルをひたと見つめ返す。

「カイルお兄様。披露目はさせていただきます」

記憶にない妹の力強い視線に、カイルはたじろいだ。

「アランとわたくしは夫婦になりました。その報告を皆様にすることは、当然のことです。それに――」

カイルが変わったように、マデレーネも変わった。なにを言われても笑って受け入れていた王女はもういない。

「わたくしは、イエルハルト様にお会いしなければなりません」

会って、直接にその心を聞かなければ、本当のことはわからない。

「わたくしはそのために王都へ戻ってきたのです」

王宮へ参上すれば、披露目の晩餐会を開けば、イエルハルトに会えるから。

「以前のわたくしは、イエルハルト様のお心を思いやることができませんでした」

カイルを見上げたまま、マデレーネは眉を曇らせる。

「イエルハルト様は、苦しんでいらっしゃったのではないでしょうか」

「！」

冷たい笑いを浮かべ、マデレーネを蔑んでいたイエルハルト。でも母を亡くし、父の臥せた状況で、少年だったイエルハルトは王太子の重責を負ったのだ。

ノシュタット領でマデレーネに敵意を向けた人々にも、大切なものがあった。なにかを守りたいと強く思ったとき、人は人を傷つける。

あのころのマデレーネにはそれが見えていなかった。凍った笑顔で自分の心を守るのがせいいっぱいだったから。

カイルの言うとおり、イエルハルトはひとりですべてを決めてしまう。なにを言われても心を見せず、まるでそれが彼の思いどおりであるかのように。

でも、イエルハルトも、マデレーネと同じ。

苦しいことを、苦しいと言えなかったに違いない。

（いえ——きっと、今もまだ）

ノシュタット領に居場所を得たマデレーネとは違って、イエルハルトはひとりぼっちだ。

「わたくしは、イエルハルト様のお心が知りたいのです。対立ではない道もあると信じています。わたくしがイエルハルト様を説得できたら……カイルお兄様も、イエルハルト様と話しあってくださいますか？」

真正面から自分を見つめるマデレーネの凛とした姿に、カイルは息をつめ、それから肩の力を抜いた。

「……北部領での活躍は聞いた。マデレーネの言いたいことはわかる」

北部貴族たちをうまく味方につけたのは、ノシュタット領の経済力もあっただろうが、それ以上にマデレーネの真摯な気持ちが伝わったからだ。

カイルの脳裏に、エリンディラ王妃の笑顔がよみがえる。カイルにとっては継母だったけれども、明るい笑顔と、未来を見つめる瞳を持った人だった。マデレーネの言うとおり、長年のわだかまりが解け、イエルハルトと手をとりあえたらどれほどよいだろうと思う。

「だが、兄上にはもう、ぼくたちの声は届かない」

カイルだって、対立を選びたいわけではない。兄を案じてもいた。

しかし政務を分担しようと申し出るカイルに、イエルハルトはその一部すら手伝わせようとはしなかった。信用されていないのは、実務能力よりも、曲がったことの許せない性格なのだろうとカイルは思う。

「マデレーネが許しても、ぼくは兄上を許すことはできない。……いくら自分が苦しんでいたからといって、マデレーネを傷つけていいことにはならない」

痕の残るほどにこぶしを握りしめ、押し殺した声でカイルは言った。

「ぼくは、イエルハルトは人の上に立つべきではないと思っている」

それがカイルの出した結論だ。兄ではなく、次期国王として見たとき、イエルハルトの行動はあまりにも危うい。

「……せっかく会えたのに、こんな話で悪かったね」

親愛の情を示そうとしたカイルの笑顔は、荒《すさ》んだ色を帯びていた。マデレーネもまた、寂しげなほほえみを返す。

「じゃあ行くよ。ああ、いずれハーシェル——ダルグレン侯爵から声がかかるだろう。彼はぼくの味方だ。会ってやってくれ」

「はい、カイルお兄様。ごきげんよう」

「見送りはいい」

背を向けるカイルにアランが無言で頭をさげる。

ご無理をなさいませんように、という言葉を呑み込み、マデレーネは胸を押さえた。

様々な感情があふれてくるのに、そのどれもがカイルを慰めるには足りなかった。

◆◇◆

形ばかりの議会を終え、執務室へ戻ったイエルハルトは革張りのチェアに深々と腰を埋めた。

もの言いたげな視線を向けていたカイルは、議会が終わるとすぐにダルグレン侯爵と姿を消した。第二王子の行動を中央貴族たちも気づいていて、イエルハルトがどう出るのかをうかがっている。

カイルを止めようとは思わない。自分に刃向かう気ならそれでいい。

（あいつが勝てるとは思えないが）

イエルハルトはため息をついて層をなす書類を見上げた。役人たちに集めさせた、王家直轄領の情報。それらに何度目を通そうと、希望の光は見えてこない。

「失礼いたします。フォルシウス公爵閣下からの書状にございます」

ノックの音がして、扉の外から声がかかった。

（あの狸親父めが……）

議会の場で顔をあわせたくせにそれらしいそぶりはなにもなかった。一瞬よぎった忌々しげな表情を消すと、「入れ」とぞんざいに告げる。

中央貴族たちがフォルシウス公爵に向ける視線は好意的とは言い難い。十数年前、フォルシウスは宰相の地位にあったが、貴族たちの反発にあいその座を退かざるをえなかった。

原因はその強引な手腕だ。フォルシウス公爵家が庇護するダグマル商会は、ヴァルデローズ国で最大の規模と売上を誇る。対立する政敵が現れたとき、彼はいつも金の力で周囲を抱きかかえて勝利してきた。

その牙城を崩したのが、マデレーネの母エリンディラだった。エリンディラの秀でた能力は、王宮内でのフォルシウス公爵の影響を駆逐した。

だが結局は、飢饉と病魔のもたらした窮地に耐えきれず、イエルハルトはフォルシウス公爵を二度目の宰相へ任命する羽目になった。

書状を受けとり内容をあらためたイエルハルトは、ただ一言「わかった」とだけ呟いた。侍従はそれを政策のための、いつもと変わりのないやりとりだと思ったようだ。

「では、失礼いたします」

「おい」

頭をさげて退出しようとする侍従を呼び止め、イエルハルトは言った。

「この王宮で働く者たちの一覧を持ってこい」

「――はい、ただいま」

普通、王太子が直々に王宮内の人事に関わることはない。

怪訝な顔をしかけた侍従はすばやく視線を伏せ表情を隠した。先ほどの自分と同じだ、とイエルハルトは内心で呟く。政治の世界では誰もが本音を言わない。ある者は虚勢を張り、ある者は余裕を演じ、ある者は媚びる笑顔を仮面にして暮らす。

（マデレーネ――か）

ふと浮かんだ顔にイエルハルトは薄く笑った。

侍従はもういない。少しくらいは感情を表に出してもいいだろう。

カイルによれば、人形のようだった異母妹はノシュタット領で幸せに暮らしているらしい。一度お会いしてお話がしたいという真心のこもった訴えに、イエルハルトは返事を書いていない。

――イエルハルト。どうしたら国のためになるかしらね。

――イエルハルト様。国のためであれば、わたくしはどこへでもまいります。

自分を呼ぶエリンディラの声が、笑顔が、マデレーネのそれに重なった。

手の中の書状をぐしゃりと握りしめ、イエルハルトは舌打ちした。

焦らずとも、いずれ会える。

そのときになればマデレーネも己の役割を知るだろう。

第二章 ◇ 少年と少女

アランの腕をとり、マデレーネは注意深く周囲を見まわした。用水路をまたぐようにして建物の立ち並ぶ路地に名はなく、馬車も入れない狭さで、昼だというのに薄暗い。

「こんな場所に本当に大商会の支店があるんだべか」

マデレーネの内心の疑問を、ユーリアが呟いた。

「あるはずなのだけれど……」

そこがノシュタット邸から最も近いと、ロブが調べてくれた。住所からしてこのあたりのはずだが、店らしき看板はない。

「あっ」

整備のされていない道を歩こうとして、地面の凹凸《おうとつ》に足をとられる。よろめいた身体はすぐにアランによって抱きとめられたものの、アランは厳しい顔でマデレーネを見下ろした。

「ありがとう、アラン」

「よく眠れていないのでしょう」

眉をひそめるアランに、マデレーネは叱られた子どものような表情になった。

カイルの訪問から一週間、マデレーネはそれまでどおり晩餐会の準備を進めている。今日こうしているのも、晩餐会に必要な品物を買うためだ。

屋敷と庭の手配を終え、次は内装や調度品となった。客人のための食器やカトラリー、それに各部屋に飾る時計や鏡など細々とした道具に、アランの礼装や、マデレーネのドレスや装飾品もそうだ。

王都には大きな商会がふたつある。

ひとつは、フォルシウス公爵家の庇護を受けるダグマル商会。

もうひとつは、ダルグレン侯爵家の庇護を受けるシエール商会。

このふたつの商会は日に日に勢力を拡大し、静かに火花を散らしあい、いまや王都の商店はどちらかの販売網に与《くみ》することを余儀なくされているという。

その勢力図は、イエルハルトとカイルの対立の反映でもある。

ノシュタット家は必要な品物の大部分をダグマル商会から買い入れることに決めた。カイルの話を聞いた以上、ここでシエール商会を選べばイエルハルトへの敵対を表明したと受けとられてしまうと考えての判断だった。

そうした行動のひとつひとつが、マデレーネに兄どうしの対立を思いださせ、心を疲弊させるのだ。

「わたくしは大丈夫よ」

アランから離れ、ひとりで立つと、マデレーネはにこりと笑った。

「……先に行って店をさがします。あなたはここで待っていてください」

まだ納得のいかない顔でそう言うと、アランは路地の奥へと歩きだす。古びた建物を見上げて入り口を確認しながら、アランは内心でため息をついた。

カイルとのことがあってからも、マデレーネがアランに対する態度を変えたわけではない。むしろ、変わらないことがアランを焦らせている。

(こんなときだから、甘えてほしい)

そう思うたびに、うまくマデレーネをいたわることのできない自分が嫌になる。

一方、そんなアランの背中を見つめるマデレーネは、彼の内心とは裏腹に、いたわりの心を感じとっていた。

(言葉遣いが戻っていたわ……)

出会ったころのような鋭い視線を思いだし、マデレーネは赤くなった頬を両手で覆う。

本人は気づいていなかったようだが、それだけ真剣にマデレーネを案じているということだ。

(アランがいてくれると思うからこそ、がんばれるのよ)

「奥様？　やっぱりお具合が悪《わり》いのではねえですか。顔が赤いですだ」

ユーリアが心配そうにマデレーネの顔を覗き込む。

忠実な侍女は、アランの言葉を信じ、マデレーネを体調不良だと判断したようだ。離れた場所のアランを振り返る。

「旦那様にお伝えして、今日は――」

「違うの、ユーリア。わたくしは平気よ」

慌てたマデレーネがユーリアに手をのばした、そのときだった。

ぱたぱたと小さな足音が聞こえ、マデレーネに人影が近づく。

「――……」

囁き声がした、と思ったら、その人影はすれ違いざまにマデレーネの髪を引いた。

「！」

「あっ、こらあああっ‼　待つだ、おめえ‼」

ユーリアの大声が路地に響き渡る。振り向いたアランが血相を変えて相手を追うのを見て、マデレーネは叫んだ。

「いけません！　乱暴にしないで」

走りよる人影に咄嗟に反応ができなかったのは、危険を感じなかったからだ。

マデレーネの言葉に、逃げる少女の襟首をつかみ路上に引き倒そうとしていたアランの手がぴたりと止まる。

そう、相手は少女なのだ。

「奥様！　お怪我は……⁉」

「大丈夫よ、ユーリア。それよりあの子を……」

アランと少女のもとへ、マデレーネは駆けよった。

腕をつかまれた少女は青ざめた顔をしかめて震えている。褐色の肌とくすんだ灰の髪に赤銅《しゃくどう》色《いろ》の瞳をもつ彼女は、見たところ十にもならないくらいだろう。

少女が握りしめているのはマデレーネがつけていた髪飾りだ。そばを通りすぎるふりをして盗もうとしたが、拙い手管はすぐにユーリアに見抜かれた。

　マデレーネへ髪飾りを返し、少女は両手を胸の前であわせた。

「……ごめんなさい……」

「いいわ」

　ほほえみ、房飾りのついた背を撫でてやるマデレーネに、アランが眉を寄せる。

「あなたが狙われたのですよ」

「ふふ、わたくしが一番ぼんやりしていると思われたのでしょう」

「いくら子どもだからとはいえ……」

「いいえ、子どもだからだけではないわ」

　許す気はないと告げようとするアランの言葉を制し、マデレーネは落ち着いた声で言った。

「あなた、お名前は？」

「………レイラ」

　いくぶんかの逡巡のすえに、少女は名乗った。身につけた服装はマデレーネたちのドレスとは違った形のもので、一枚の大きな布にふんだんに刺繍を施し、ドレープを施したものだ。服は薄汚れており、持ち物は首からさげた革袋のみ。

「そう、レイラ。わたくしはマデレーネよ」

　笑顔で呼びかけると、マデレーネはレイラの目線にあうよう身を屈めた。

「ポトリダからきたのね。……お父様とお母様ははぐれてしまったの？」

「――……!!」

赤銅色の目が驚きに見開かれる。

アランがなにか言おうと口を開きかけた――その言葉は声にならなかった。

レイラが、わんわんと泣き出したからだ。

呆気にとられて眺めるアランとユーリアを振り向き、マデレーネは笑う。

「悪い子ではありません。事情があるのでしょう」

「……どうして……」

アランが問いたいのは「どうしてわかったのか」ということだ。幼いレイラの表情や態度を見れば、彼女が根っからの悪人ではないことはさすがに理解した。やむにやまれぬ事情がありマデレーネの髪飾りを狙ったのだろうということも。

だがマデレーネは、レイラがなにも言わず、感情を表さないうちから彼女の心を見抜いていた。

「ぶつかる前にも、ごめんなさい、と言ってくれたから。それに、褐色の肌と白銀の髪は、ポトリダの民の特徴です」

小さな声で、マデレーネにしか聞こえなかったけれど、あれはたしかに謝罪の言葉だった。

まだぽろぽろと落ちる涙を手で拭い、レイラは鼻をすする。

「ポトリダ、しってる?」

「ええ。会うのは初めてだけれど」

その名はアランも知っていた。大陸の南の果てに暮らすという遊牧民だ。彼らはやがて数々の国を経《へ》巡《めぐ》るようになり、商隊としても名を馳せる。ただし、国を持たない彼らは立場としては弱く、迫害されることもあるという。

ヴァルデローズでポトリダの民と交易を結んだという話は聞かない。ヴァルデローズの王都は遠すぎて、彼らの交易圏に入らないのだ。

アランはレイラを見た。

ようやく泣きやんだレイラはきょとんとした顔でマデレーネを見上げている。

「あなたは、誰ときたの？」

ほほえみ、マデレーネは静かに問いかけた。

「みんなできたの。でも、みんな、いない」

ヴァルデローズの言葉には慣れていないのだろう、片言で、けれども必死にレイラは訴えた。

「はぐれてしまったのね。商隊は品物の搬入のあいだ商人宿をとったり、提携する商会の寮を使うものだけれど……」

通商を開いていないポトリダに、そういった宿は使えない。やみくもにさがすには王都は人の出入りが激しすぎる。

できることといえばレイラを保護するくらいだろう、とマデレーネは結論づけた。

「買い物はやめて、屋敷に戻りましょう」

「ええっ！　連れて帰るんですだか⁉」

「置いていくわけにもいかないでしょう」

「そりゃ、そうですだが……」

ユーリアは渋々とレイラの手をとってやった。土埃《つちぼこり》に汚れてはいるが、ふんわりとして、あたたかな子どもの手だ。

その手に故郷の弟妹を思いだしてしまい、ユーリアの警戒心はあっという間にゆるんだ。

「ごめんなさい」

殊勝な態度のレイラにユーリアは眉をあげる。

「仕方ねえですだね……」

思えば自分も、同じような歳のころにアランに拾われた。レイラが泣きだしたのは、見知らぬ国で自分の素性をわかってもらえたことに安心したからだ。

「もう大丈夫ですだ」

自分を見上げるレイラに、ユーリアは笑顔を向けた。

◆◇◆

翌朝、ノシュタット邸の使用人用食堂にて。

ぴかぴかに磨きあげられたレイラは、元気いっぱいに朝食をほおばっていた。

「おいしい！　おいしいね、マデレーネ！」

「マデレーネ様とお呼びしなせえ！」

「デスダ、おかわり！」

「おらの名前はデスダじゃねえ、ユーリアですだ！　おかわりくだせえと言いなせえ」

鋭い叱責を飛ばしつつ、ユーリアはレイラの口元を拭い、パンを切りわけ、「野菜も食べねばいかん」と肉のあいだにキャベツとトマトを挟み込んでやる。

普段の慌てぶりからは予想外にてきぱきと世話を焼くユーリアを、マデレーネはほほえましく眺めた。

昨日の夕方、みすぼらしい身なりのレイラを連れて帰ったマデレーネに屋敷の使用人たちは驚いたが、「わたくしが落とした髪飾りを拾ってくれたの」と説明されたことで納得したようだ。施しは貴族の責務でもある。その一環だと解釈したのだろう。

ユーリアによって念入りに風呂に入れられ、髪をとかしたレイラは輝くような肌と銀の髪をとり戻した。マデレーネやユーリアにも慣れ、昨夜はユーリアと一緒に眠った。

ただし、第一印象の怖かったアランにだけは、まだうちとけない。目があうとユーリアの背後に隠れてしまう。

腕組みをして隣に並ぶアランの渋面に、マデレーネは苦笑した。

「今日はどうしましょう？　またダグマル商会へ行ってみる？」

だが昨日の様子では見つかりそうにない。王都中央にある本店へ行ったほうが早いのではないか、とマデレーネが考えたところで、

「ダグマル？」

「あっ、こら！　食べ終わったんなら食器を片付けなせえ！」

　ぴょんと椅子から降りたレイラが走りよってくる。

「わたし、ダグマル、いきたい！」

「レイラも？」

「ばしょ、わかるよ」

　驚くマデレーネに、レイラはたどたどしい言葉で昨日の騒動の理由を語った。

　レイラの家族は、交易の商談のためヴァルデローズを訪れ、〝大きな屋敷〟に滞在しているという。最初はものめずらしさに屋敷の中を探検して遊んでいたレイラだが、やがて外に出られないことに飽きて、庭木を伝って抜けだした。

　初めて見る王都は面白くて、あそこもここもと走りまわるうち、レイラはすっかり迷子になってしまった。

　そうして途方に暮れていたレイラを、とある少年が助けてくれた。トビアンと名乗った少年は、食事を分け与え、長屋の一角の狭い部屋にこっそり泊めてくれた。そこは、ダグマル商会の北支店にほど近い、路地に向かって崩れそうな長屋のうちのひとつだった。

「おれはあそこで働いてんだ。また困ったことがあればこいよ」

　翌朝、大通りまでレイラを送ってくれたトビアンは、そう言って手を振った。

　大通りまで出たところで戻る屋敷の場所がわからないのだとレイラが気づいたのは、トビアンが去ってしまってからのこと。

結局レイラは、あの路地へ逆戻りすることになった。

「それであのあたりにいたのね」

「でも……」

トビアンに会いたくて店先をうろうろとしていたレイラを、知らない男が出てきて追い払った。

「おまえ、びんぼうにん、いわれた」

しょんぼりと肩を落とすレイラにマデレーネも表情を曇らせる。

通りかかった人々も、見慣れぬレイラの姿を訝しげに一瞥《いちべつ》するだけで、声をかけようとする者はいない。むしろ聞こえてきたのは、

「ねえ……妙なことをしないうちに衛兵を呼んだほうがいいんじゃない？」

そんな冷たい声で。

そのうち怖くなってレイラは路地裏に隠れた。帰る先はわからず、喉は渇くし、腹の虫も鳴きやまない。意識が朦朧としてきたころに、マデレーネとユーリアが目の前を横切った。

店をさがしているらしい様子に、目的地は自分と同じなのだと知る。でもマデレーネは、上等なドレスを着て、美しい髪飾りを煌めかせて。

こういう人間しか店に入れないのだと思ったら、ついその飾りに手がのびていた。

「ごめんなさい」

うつむくレイラを、マデレーネは抱きしめて銀髪を撫でてやる。

「反省しているのならいいのよ。……お腹がすくと、なにも考えられなくなるものね」

ぽつりと落ちた言葉は、不思議な実感を伴っていた。レイラはマデレーネの腕の中で首をかしげたが、ふと気づいた表情になって首からさげていた革袋をさぐる。

「マデレーネ、これあげる。おれい」

「まあ、ありがとう。なにかしら」

屈託のない笑顔にマデレーネもほほえむ。

しかし、レイラがひと粒の石をとりだして手のひらにのせると、その表情は驚きに変わった。

朝の陽光に鈍い輝きを放つのは、レイラの瞳に似た、赤銅色の鉱石。レイラは「ユーリアも」ともうひと粒を革袋からとりだしてユーリアに渡し、少し迷ってから「アランも」とさしだした。

「……これは」

石を受けとり、なにげなく眺めたアランが息を呑む。

マデレーネも光に透かし、じっくりと石を見た。

「ルビーの原石……よね」

互いの推測が正しかったことを知り、アランとマデレーネは顔を見合わせた。ユーリアの表情にも緊張が浮かぶ。

「ルビーって、指輪とかに使う宝石じゃねえんですか……?」

「ポトリダの民は上質な鉱床を知っているという噂もあったわね……」

遊牧を生業《なりわい》としていた彼らの行動範囲は広く、争いを避けるために人里離れた山奥へ踏み込むこともある。

噂は事実だったのだとマデレーネは思った。

渡されたルビーは小粒だが、磨けば宝飾品に利用できる。これを見せていれば店員だって頭から侮蔑の言葉は吐かなかったはずだ。だが、トビアンに会いたかっただけのレイラはそんなことを考えもしなかったのだろうし、レイラのためにはそれでよかったといえる。

「レイラ、これはとても価値のある石よ。この国では親しい人にしか見せてはいけないわ」

「うん。おじいさまも、いってた。ルビーは、なかよしのひとだけ」

だからマデレーネやユーリアに渡したのだと、レイラは頷く。

(この子はいったい……？)

レイラについてあるひとつの推測を描きながらも、マデレーネはそれを口には出さず、にこりとほほえんだ。

「トビアンに会いに、一緒にお店へ行きましょう」

「うん！」

さしだされた手をとり顔を輝かせるレイラは、恋する少女の瞳をしていて。

幼いころのアランと自分を、つい思いだしてしまうのだった。

◆

国内最大のダグマル商会は、王都中心にある本店のほかに東西南北に支店をもつという羽振りのよさで、マデレーネたちが目指したのはそのうちの北支店だ。

レイラの案内で、入り組んだ路地の先に一行は店を発見した。

「……それにしても……」

店の外観を見上げ、マデレーネは不思議そうに呟く。場所は昨日レイラと出会った路地のさらに裏で、こちらのほうがいっそう飾り気もなく、薄暗い。

「ここが本当にダグマル商会の支店かしら？」

「看板はかかっているな……」

アランとマデレーネは揃って首をかしげた。

たしかに《ダグマル商会　北支店》の真鍮《しんちゅう》看板がかかっているのだが、文字が読めるか読めないかというほどに汚れており、戸口も狭い。窓は外から中をうかがうこともできないほど小さく、かろうじて明かりがついているのがわかる程度。まるで廃墟寸前である。

と、朽ちかけたような扉が内側から開いた。

「なんですか？」

小太りな男が顔を覗かせ、不審げにマデレーネたちをねめつけた――が、すぐにその表情も声も明るくなる。

「失礼いたしました。お客様でしょうか？」

「ああ」

「どうぞこちらへ。お足元にお気をつけください」

不安げな顔のレイラに、この男がレイラを追い払ったのだろうと察する。

「大丈夫ですだ」

ユーリアが手を握って励ますと、レイラは表情をひきしめて頷いた。アランとマデレーネに続き、ユーリアとレイラも店へと足を踏み入れる。

意外にも中はこぎれいに整頓されており、床も反射するほどに磨きあげられている。陳列棚に並ぶ雑貨の数々も価値の確かなものだ。めずらしい香りをくゆらせる香炉に、螺鈿《らでん》細工を施した手鏡、繊細な文様を描いた陶磁器や銀食器。壁には複雑な文様の絨毯《じゅうたん》が数枚かけられていた。どのような織り方をしたのか、まるで光を放つように輝いている。

店には男のほかに少年がいた。レイラよりはふたつみっつ年上だろう、はしこそうな顔つきがいかにも商家の丁稚《でっち》らしい。

荷物を運んでいたその少年は顔をあげるなり、「レイラ！」と笑顔になる。

「トビアン！」

レイラも彼の名を呼び、駆けよった。

「すっかりきれいになって！」と笑うトビアンに、レイラは赤い顔をして頷いている。

生まれも育ちも違うふたりだけれど、そんなことは関係がない。

（彼に会いたかったのね）

手を握りあう少年少女に男は訝しげな視線を投げただけでなにも言わなかった。今日はお仕着せをまとうレイラのことをマデレーネたちの使用人とでも思い込み、自分が邪険にした少女だとも気づいていないらしい。

それよりも、アランとマデレーネを貴族と見てとった男は、揉み手をしながら商談用のテーブルへとふたりを案内した。

「わたくし支店長のエーゲストと申します。本日はどういったご用件で？」

うやうやしく頭をさげるエーゲストの芝居がかった態度に、アランは冷たい視線を向けた。

「ノシュタット子爵家の者だが、晩餐会で使用する小物を一式買い揃えたい」

「晩餐会の用品一式ですね」

大きな取引になると踏んだのだろう、エーゲストの声が喜色を帯びる。

「承知いたしまし――」

「ノシュタットだって？」

そんな声を遮ったのは、レイラと楽しそうにおしゃべりをしていたトビアンだった。顔をしかめて飛んでくると、アランを指さしてエーゲストに向きあう。

「店長！　金持ちだからって、こんなやつらに売るんですか⁉　北部のノシュタット家といえば、〝成り上がり〟で――」

「なっ‼　黙ってろ、このクソガキ‼　立派なお客様じゃねえか‼」

青ざめたエーゲストのこぶしがトビアンの頭を見舞う。ガツンと硬い音がした。

「乱暴は――」

立ちあがろうとしたマデレーネをアランが制する。

「裏へ行ってろ‼」

「チェッ、またな、レイラ」

殴られた頭を庇い、トビアンは唇を尖らせながら店の奥へと入っていく。その後ろ姿に舌打ちをひとつ送り、振り向きざまエーゲストは床にひれ伏した。

「た、大変失礼いたしました。申し訳ございません、躾《しつけ》がなっていませんもので。あの者は今後お目にかけないようにいたします」

「どうやら俺の悪名は王都にまで届いたらしいな」

アランの鋭いまなざしを部下の不始末を責めるものと受けとって、エーゲストは冷や汗をかきながらへつらう笑みを浮かべる。

「いえ、どうかそのような……」

「ひとつ、お願いを聞いてくれるか」

「は、はあ」

アランの言葉にエーゲストは笑みの形にした唇の端をひくつかせた。

（考えがあるのだわ）

そのことに気づき、マデレーネは成り行きを見守ることにした。主人の意図を察したらしいユーリアも、顔を真っ赤にしたレイラの口を塞いでいる。

「あいつをわが家との窓口にしてくれ」

「……はい？」

ぽかんとした顔になるエーゲストの肩を叩き、アランは低い声で囁く。

「わが家を侮辱したんだ、俺がその〝躾〟とやらをしてもいいんだろう?」

冷酷を装うアランの表情に、エーゲストは意を得たりという顔つきになり、「ええ、それはもちろん」と揉み手をした。これで商談を失ったり値切られたりしては店の損になるが、丁稚ひとりですむなら安いものだ。

「では、さっそく商談に入らせていただけますでしょうか」

腰を低くし、エーゲストはすくいあげるような視線でアランの顔をうかがい見る。

ふたたび頭をさげ、表情の見えなくなる直前、マデレーネは戸口で見せたあのさぐるような視線が自分をとらえたような気がした。

◆◇◆

雑多な店内を見まわし、ヨハンは二階につながる階段を見上げた。

いま彼がいるのは王都の中心にある風鶏亭というレストランで、一階は平民向けの広間、二階は落ち着いた雰囲気の個室になっており、貴族が利用することもある。貴族たちは専用の扉から出入りするため両者が顔をあわせることはないのだが、ヨハンのように貴族に呼ばれた平民は広間から階段をのぼるルールだ。

おりしもよく見知った顔が階段を降りてきて、広間にひとりで席をとっていた男を叱りつける。

「リュフさん!　旦那様と奥様は上ですだ」

「おお、ユーリア。なんだよ、ここじゃねえのかよ」

あいかわらずらしい料理人と侍女に苦笑し、ヨハンは二人に近づいた。ユーリアに小言を言われながらリュフも席を立ち、振り返る。互いの視線があった。

途端、ユーリアとリュフの顔がぱっと輝いた。

「ヨハン！」

「ヨハンさん！　遅くなるって聞いとりましたが」

「ああ、思いのほか早く終わったんだ」

マデレーネが王都へ戻ってきたというのは、今の主人であるハーシェル・ダルグレン侯爵が直々に教えてくださった。ノシュタット家が王都で晩餐会を開く際には、ヨハンの手が必要になる。手伝いのための休暇は、ヨハンがダルグレン家で働く際の条件のひとつだった。だからマデレーネの動向をヨハンの耳に入れたのだろう。

今日も、約束があることを聞きつけ、早く行っておいでと送りだしてくれたのだ。

「王都でも披露目の晩餐会をするんだろう。おれを雇ってくれるんだろうな？」

「給金は旦那様と相談だぞ」

「あんたの倍はもらわないとな」

軽口を叩きあうヨハンとリュフの袖を、ハッと気づいた顔になったユーリアが引いた。

「リュフさんがいねえから乾杯ができねえんです」

「変わんねえなあ」

集合場所を間違えた使用人を待って乾杯ができないというのが、なんともかの家らしい。

「店の名前しか言わねえから、ここでずっと待ってたんだぜ」

「二階だと言いましたですだ！」

眉をさげ頭をかくリュフをじとりと睨《にら》み、「さあ」とユーリアはうながした。リュフとユーリアとともに、ヨハンも厨房の横にある階段をのぼる。

ドアを開けると、室内にはアランとマデレーネの懐かしい顔があった。

ユーリアの言うとおり、ふたりは飲み物の注がれたグラスを前に、リュフを待っていた。

「アラン様、マデレーネ姫様――……え？」

ほころびかけたヨハンの表情が、真顔に戻る。

マデレーネの隣には、商家の丁稚といった風体の少年と、異国の少女が並ぶ。少女は少年を叱りつけ、少年のほうは肩を落として口をつぐんでいる。

「マデレーネ、いいひと！　トビアンはしつれい！　あやまって！」

（……誰だ？）

ノシュタット領から連れてきたわけではあるまい。けれども王都でどう出会えばこのふたりと食事をする仲になるのか、ヨハンにはわからない。

「あいかわらず度肝を抜いてくださいますね、姫様」

「まあ、ヨハンじゃない。早かったのね」

「お久しぶりです」

アランと、立ちあがるマデレーネに礼をする。アランも頷きを返した。ぶっきらぼうなのはいつものこと……だと思っておきたい。

ヨハンがサン＝シュトランド城へ滞在していたとき、主人であるアランは領内の視察やら見まわりやらを理由にほとんど城にいなかった。アランもマデレーネも身分の違いにはうるさくない人物だったからキッチンで食事をとることもしばしばあったけれども、こうして主人夫妻が揃った場にご相伴《しょうばん》にあずかるのは実は初めてかもしれない。

ヨハンの任期が終わる前に、ふたりは思いを通じあわせたはずだが。

（今はどういう状況なんだ……？）

迂闊なことを言ってしまわないよう、ヨハンは注意深く周囲を見まわした。普段の役割が出るのか、運ばれてきた料理をリュフがとりわけて美しく盛りつけ直し、ユーリアはその皿を運び始めた。アランとマデレーネは時折ちらりと視線を重ねている。

頬を染めたマデレーネがほほえみを見せると、アランも目を細めてやさしい表情になった。

（前進してる……！）

ヨハンの認識では、目があえばお互いにドキドキして逸らしてしまうような、じれったい反応をしていたはずだ。王都に戻ってからもいったいどうなったやらと心配していたふたりの恋は、着実に進歩している。

心の中で感心するヨハンの前で、マデレーネはアランに笑いかけた。

「では、乾杯をお願い、アラン」

（呼び捨てになってる⁉）

「では――そうだな、ちょうどヨハンにも会えた。マデレーネとの披露目の晩餐会に向けて、今夜は顔合わせの会だ」

（ひ、姫様のことまで呼び捨てに⁉）

驚愕するヨハンの肩を、盛りつけを終えたリュフが叩いた。なぜか得意げな表情を浮かべているが、深まったふたりの愛にリュフがそれほど関係のないことは推測できた。おそらく立役者は主人に似て感情を読ませないあの執事だろう。

「これから様々な形で協力を依頼する。よろしく頼む」

真剣なまなざしのアランが一同を見まわす。

盛大な披露目の晩餐会を開かねばならないというのに、いるのは元のつく宮廷料理人がやっとで、地方領地の料理長に訛りのとれない侍女、丁稚少年と異国の少女。それでもこれが彼らしいと思わせてしまうのだから面白い。

「では、乾杯」

「「乾杯！」」

アランとマデレーネの視線に応え、一同はグラスを掲げた。

「あの……申し訳ありません、ノシュタット子爵様！」

部屋にそんな声が響いたのは、宴が始まりしばらくしてのことだった。

がばりと床に膝をつくのはトビアンだ。

「先ほどは生意気な口を利きました。奥様も、申し訳ありませんでした！　どうか、罰は如何様《いかよう》にも」

事情を知らないヨハンとリュフは肉を口に入れたまま動きを止めた。

拳骨をくらって店の奥へ引っ込んだトビアンは、あのあとふたたびエーゲストから呼ばれ、「ノシュタット子爵夫妻とともにお屋敷へ行くように」と命じられた。「仕事がすんだらそのまま帰ってもよい」とも。

無礼を働いた自分が指名された理由は、罰を受けさせるために違いなかった。現に店長はにやついた顔で「なにがあっても文句を言うなよ、悪いのはお前なんだからな」と念を押した。身寄りのない丁稚の命なんて軽いのだ。それは貴族にとっても、トビアンの代わりなんていくらでもいる大商会にとってもそう。

だが、レイラとともに馬車に押し込まれ、彼女を巻き添えにしてしまったことを悔やんでから、しばらく。世話焼きな侍女とおいしい食事に挟まれ、トビアンはようやく自分の信じていた噂がなんの根拠もないもので、「やさしい」と訴えるレイラが正しいのだと理解した。

「そんなことはしなくていい。顔をあげろ」

「アラン、もう少しやさしく」

ぎゅっと目をつむって罰を待っていたトビアンの耳に、不機嫌そうな声が届いた。

慌てて顔をあげると、アランはやはり怒ったような顔をしていて、けれどもマデレーネにたしなめられて表情をゆるめた。

「……お前を連れてきたのは、罰を与えるためではない。ああ言ったほうがあの男は納得するだろうと思ったからだ」

あの男とはエーゲストのことだろう。たしかに頭からアランの怒りを信じ込んだ彼は、トビアンが貴族から罰を受けることが楽しみで仕方がないといった顔をしていた。

「では、なんでおれを」

立ちあがり尋ねると、アランはこともなげに言った。

「噂の中身を確かめたくてな」

「中身……？」

「北部の成り上がり子爵が王女を娶り、公爵位を狙っている。そう聞いたのだろう」

図星を突かれてトビアンは目を見開いた。おまけによくよく考えてみれば、目の前にいる紳士がノシュタット子爵なら、その隣にいる奥様は王女ということになる。そのふたりに、不敬を働いたのだ。

「も、申し訳ありませんでしたあ……‼」

「だから顔をあげろと言っているだろう」

今さらながら事の重大さに気づきふたたび平伏するトビアンに、アランは呆れた顔になる。

「俺が確かめたいのは、誰がそう言ったかということだ」

顔をあげ、おそるおそる席に戻りながら、トビアンは思いだす。

「えっと、本店の連中から聞きました」

　北部ではすでにノシュタット領を中心とした交易網が整備され、経済は牛耳られているらしい。ノシュタット家は金の力で王女を娶り、披露目の晩餐会を理由に、王都との販路もうち立ててしまった。そんな男がついに国の中心へやってくる。目的は、ひとつしかない。

　同じ年頃の丁稚は、自分の担当する貴族の資金を心配した。もし彼らの事業がノシュタット家に食い潰されるようなことがあれば、ダグマル商会も割を食う。

　予想どおりだ、とアランは肩をすくめる。

「そうか、君はダグマル商会の者なのか」

　トビアンの正体を知ったヨハンが気まずげに頬をかいた。

「おれはダルグレン侯爵家で働いているんだ」

　王宮へ戻ったものの進退を悩んでいたヨハンは、ダルグレン侯爵から直々に声をかけられて宮廷料理人を辞めた。第二王子のカイルまでその話を後押ししてくれたから、否やはなかった。そのうえ、披露目の晩餐会のための販路を開拓したのはヨハンだ。

「ダルグレン侯爵……というと、シエール商会の？」

「ああ」

　トビアンもまじまじとヨハンを見つめるが、噂に振りまわされたことを反省したばかりのトビアンには、ダルグレン家の人間だからといってヨハンを敵視するつもりはない。むしろこうして気を遣ってくれるヨハンは、トビアンを軽く扱うダグマル商会の同僚たちよりずっといい。

互いに敵対心がないことを認め、ヨハンとトビアンはほっと息をついた。

「そうだわ、ダルグレン侯爵はどんな方かしら？」

会ってやってくれと告げたカイルの言葉どおり、先日ノシュタット邸にダルグレン侯爵の紋章入りの書状が届き、アランとマデレーネは泊まりがけで侯爵邸を訪問することになっていた。

「ええと、そうですね」

マデレーネに尋ねられ、ヨハンは今の主人の姿を思いだした。

ダルグレン侯爵ハーシェルは、のばした銀の髪に琥珀色の瞳を持ち、まだ二十六という若さながら、貴族の中でも目を惹く存在だ。マデレーネや王族の方々と並んでも遜色なく、中央貴族と呼ばれるに相応しい高貴さをそなえている。いつも穏やかな笑みを浮かべ、物腰も柔らかいうえに、茶目っ気もあり、ほかの貴族たちとの交流も盛んだ。ヨハンが雇われてからは、頻繁に夜会やサロンを開いている。

かといって、貴族のほうだけを向いているわけでもない。使用人たちにも階級の分け隔てなく接し、ヨハンの妻シーラや、生まれた赤ん坊のことも元気かと尋ねてくれる。

「よい方です。気さくで、使用人にも心を配ってくださいます。おれの料理もおいしいってよろこんでくださって」

「よかったわ。シーラも安心したでしょうね」

マデレーネは満足げに頷いた。

「ええ――……」

姫様のような方ですよ、と言おうとして、ヨハンは口をつぐんだ。

「どうしたの？」

「あ、いえ」

胸中をよぎった違和感を隠し、ヨハンは笑って首を振る。

ハーシェルがよい主人であることは間違いない。けれどマデレーネの笑顔を見ているうち、ハーシェルの笑顔はそれとは異なるような気がしてきたのだ。

ヨハンに王女《マデレーネ》への気安い態度が許されているのは、その絆ゆえだ。ダルグレン侯爵ハーシェルという貴族を相手にして表情をまじまじと見ることはない。

口元のほほえみだけで判断してきたけれど、細められたまぶたの奥で、ハーシェルの瞳は本当によろこびに煌めいていただろうか。むしろ相手の感情をさぐるようにじっと冷静な視線を投げかけていたのではないだろうか――。

（どうしたっていうんだ、こんなことを思うなんて）

「さあ、追加の料理も頼みましょう」

マデレーネの明るい声がヨハンの思考を遮った。

最初に運ばれてきた料理はほとんど食べ尽くされていた。リュフがメニューを覗き込み、トビアンとレイラに説明してやる。

「勉強のためにも、王都のうまいもんを腹いっぱい食っておかないとな。海鮮のトマト煮込みと、羊の香草焼きと、そうだワインも……」

「この『ふるーつ・どるせっと』てデザートはなんだべかね？　リュフさん、これもあとでお願《ねげ》えしますだ」

久しぶりの賑やかな空気に触れ、ヨハンは後ろ暗い気持ちを振り払った。

今日の宴の目的は、王都での披露目の晩餐会のため、王都料理の学びなおしだ。この店もハーシェルの紹介で、今日の早あがりといい休暇の約束といい、ハーシェルは心を砕いてくれている。

やっぱりいい主人じゃないか、と自分に言い聞かせる。

「おれにも選ばせてくれ」

ふたりからメニュー表を奪いとり、ヨハンも笑った。


追加の料理は、一時間もしないうちにふたたび食べ尽くされた。

「今日は無礼講だ～！　坊ちゃまの奢りですもんね、ねっ」

「金は出してやるから二度とその呼び方はするな」

アランに冷たい目を向けられてもリュフはひるまなかった。けたたましい笑い声をあげるヨハンとリュフの姿に、ユーリアが白い目を向ける。

遠慮のないリュフが、「どの料理にどのワインがあうのかを調べるのも仕事のうちです」とワインを追加したせいで、おまけにそのワインを勧める相手がヨハンしかいなかったせいで、最初は「姫様の前で酒を飲むなんて」と渋っていたヨハンまで巻き込んでこんなことになっている。

雰囲気に浮かれたのか、トビアンとレイラもいっぱいになった腹をさすりながら大人に負けないはしゃぎっぷりを見せていた。

「あの店長は、あんまりやる気がねえんですよ」

普段の鬱憤を晴らすように、トビアンはぶすったれた顔でグラスにミルクをそそぐ。

「北支店にいるのはおれと店長だけです。客もきやしねえし、きてもひどいもんです。むっつり黙り込んで品を受けとって、ありがとうも言いやしねえ」

品揃えはいいが、あまり代わり映えがしないのだとトビアンは唇を尖らせる。

「そうかあ、少年も大変なんだな。ほら飲め」

「どさくさにまぎれて酒を飲まさんでくだせえ！」

ワインを注ごうとするリュフの手をはたき落とし、ユーリアは「この酔っぱらいが……っ」と渋い顔をした。こういうときに損をするのは素面《しらふ》の人間である。

「ほかのやつらは北支店じゃ出世は望めねえって言いやがるし。おれがみなしごだからって、一番売れてねえ支店に飛ばされたんだと……」

「でも、トビアン、しごと、すき」

ぴょこんと割って入ったレイラが、トビアンの顔を覗き込んで笑った。

「そりゃ、そうだよ。いろんなきれいなものが見られるもんな。いつか自分の店を持つのがおれの夢なんだ。そうしたらレイラを副店長にしてやるから」

「ふふ、うれしい。レイラもおみせだいすき！」

屈託ない笑顔のレイラにトビアンも頬を染めてはにかむ。

そんな彼らの様子を、楽しそうに眺めるマデレーネと、マデレーネを見つめるアラン。

傍目に見れば、アランの様子は美しい妻に見惚れる夫として目に映っただろう。実際アランの様子に気づいたユーリアはそう思った。

だが、アランが考えていたのはマデレーネのことであったが、その美貌に酔っていたわけではなかった。

先ほどトビアンから聞いた噂――アランが王女を娶って北部での地位を確立し、王都へ勢力をのばそうとしているという噂は、マデレーネが嫁いだばかりのころにセルデン伯爵が北部で流した噂にそっくりだ。

王宮の改修を行った経験があるという大工の親方ですら、ノシュタット夫人がマデレーネであることを知らなかった。知っていれば彼の態度はもっとへりくだったものになったはずだ。王都の中心地に住み、平民の中では貴族社会の噂話に近い位置にいるだろうに。

ノシュタット家に王女が嫁いだという事実は、王都では知られていないのだ。

にもかかわらず、ダグマル商会の者たちは、まだ一人前とは言えない見習いのような少年に至るまで貴族間の対立を正確に知っていることになる。

(噂を流した者がいる)

それが誰だか推測できてしまう時点で、これは隠す気のない攻撃ともいえる。

そっと手に触れたぬくもりに、アランは視線をさげた。ただ黙って見つめられていたマデレーネがわずかに視線を伏せ、頬を染めながらアランの手に手を重ねている。

（見すぎた）

そうされてようやく、アランも自分が考え事をしながらマデレーネを見つめ続けていたことに気づいて赤くなった。

アランの懸念を、マデレーネも察している。この手は彼をなだめるためのものか、それとも、妻の甘えなのか。

テーブルの下に隠れた手は、誰にも見えていないはずだ。

「彩りを重視するといっても、皿や器の模様まであわせて考えるべきだっつうヴィレヌ派と、食器はあくまでシンプル、素材の色彩のみで飾るべきだっつうロシスク派があってだな……」

「しかし彩りを最重視しても仕方がない。一番は味だろう。しかし味とはなんだ？　味覚、食感、香り――」

「おれの店では大陸中の商品を集めるんだ！　宝石だって香水だって、きれいなものはなんでも手に入る」

「トビアンのおみせ、すごい！」

ふたりのコックがわあわあと語りあっている隣で、少年少女もわあわあと語りあっている。ツッコミの追いつかないユーリアはいつのまにか突っ伏して寝てしまっていた。

これならいいだろう、とアランはマデレーネの手を握り返す。

（ああ～～～皆さんの大ばかものっ！　旦那様と奥様がいい雰囲気だってのに）

見えていないけれども察していたユーリアが必死の狸寝入りをしているとは知らずに。

◆◇◆

セルデン伯爵からの書状におざなりに目を通し、フォルシウス公爵は鼻から小さな笑いをひとつ吐いた。髪と同じ赤い髭をひねりながら、もう一度鼻を鳴らす。

窮状を切々と訴えた書状には、北部交易がノシュタット家を中心にまとまってしまったこと、ダグマル商会が販路を拡大する余地はないだろうということが絶望的な形容で説かれ、最後に震える筆跡で、セルデン伯爵領も生き延びるために断腸の思いで北部交易に参加するという旨が書かれていた。

早い話が、ノシュタット家には敵いそうにないから、今のうちにフォルシウス公爵家とは手を切るということだ。

飼い犬に手を噛まれるとはこういうことを言うのだろうかと考えかけ、公爵は首を振った。向こうからすりよってきたから餌をやっただけで、飼い犬ですらない。

（本当に大事に飼わねばならないのは――）

そう考えかけて、ノックの音に公爵は顔をあげた。

「お父様？」

「カトリーナか。入っておいで」

扉が開き、真紅のドレスを身にまとった令嬢が静かに入室した。流れるような赤毛と鋭い目つきだけが父に似てしまった美しい娘は、こわばった表情で父親を見つめている。

「どうしたんだい？」

「これは本当にイエルハルト様のためなのですか？」

　フォルシウス公爵の笑顔は崩れなかった。さぐる視線の前で笑顔をとりつくろい続けるなど、これまで何十年となく続けてきたことだ。娘の前だからといって今さら動揺したりはしない。

「もちろんだとも。イエルハルト殿下が望まれたことだ。疑ってしまっては、殿下にも失礼というものだよ、カトリーナ」

　やさしくたしなめる父の顔を、カトリーナは黙って見つめた。

　その視線を遮って立ちあがり、娘の肩を抱くと、公爵はテーブルのベルに手をのばす。

「さあ、侍女を呼んであげよう。晩餐会のドレスはそれにするのかい？　よく似合うよ。あわせ直してもらえばもっと美しくなる」

　ベルの音に執事がやってきた。カトリーナの姿を見、主人から目配せを受けただけで、細やかな執事は公爵の意を察した。間を置かずカトリーナ付きの侍女が慌てて駆け込み、

「さあ、まいりましょう、お嬢様」

　とカトリーナの手をとった。

「採寸の途中でいなくなってしまわれるものですから、心配しましたよ」

「ええ、お父様とお話ししたいことがあったの」

　そのまま視線をあわせようともせず去っていく娘の背を、フォルシウス公爵は黙って見送った。

第三章 ◇ 愛を告げるとき

突き刺すようだった日差しは少しずつ鋭さをなくし、朝晩には涼しい風が吹くようになってきた。鮮やかな青空に緑が萌え渡る庭へ、アランとマデレーネが馬車から降り立つ。

ふたりを笑顔で出迎えるのは、ダルグレン侯爵ハーシェルだ。

「お招きいただき光栄です」

「こちらこそ、名高いノシュタット子爵殿を真っ先にお呼びできて光栄ですよ」

アランとハーシェルが握手を交わす。ヨハンによればハーシェルはアランより五つ年上だが、それでも貴族としてはかなり若い。手袋ごしに伝わる握力はしっかりとしたものだ。

陽光のもとでも氷のような銀の髪と、それとは対照的な琥珀色の瞳。仕立てのよいジャケットにルビーのカフスを留めた侯爵は、アランよりも高い背をわずかに屈めるようにして歓迎の意を示した。

「お忙しいところをお呼び立てして申し訳ありませんが、一刻も早くお会いしたかったもので。ああ、わたしのことは気軽にハーシェルとお呼びください」

「わが家は王都に知人が少ない。こうしてお声をかけていただけること、嬉しく思います」

「ええ、わたしはアラン殿に必要なものをお渡しできると思いますよ。社交界の情報とかね」

中央貴族の優雅さを感じさせる物腰のハーシェルに対し、アランもまたマデレーネ仕込みの笑顔で応じる。

　はたから見れば、和やかな会話だ。

(なんのに、どうして冷や汗が出るんだべか……)

　野生の勘といおうか、ユーリアは貴族同士の含みあるやりとりに不穏なものを嗅ぎとり、青ざめていた。

　ついでマデレーネに向きあい、ハーシェルはアランにしたよりも深く頭をさげた。王女に対する礼に、マデレーネは困った顔になる。

「ご挨拶が遅れました、マデレーネ様。ハーシェルと申します」

「お招きいただきありがとうございます、ハーシェル様。ヨハンのこともお礼を申しあげますわ。それからどうぞ、わたくしのことは子爵夫人として接してくださいませ」

　マデレーネもまた、深々と頭をさげる。

　顔をあげたハーシェルは、まっすぐにマデレーネと視線をあわせた。王女として扱われることを、マデレーネはやんわりと辞退した。そのことを理解したのだろう。

(ヨハンの言っていたとおり、よい方のようだわ)

　そう、マデレーネが安堵したときだった。

　ほほえみ返すマデレーネの手をとると、ふたたび身を屈めたハーシェルがその甲に口づけた。

(ひえ……っ⁉)

　マデレーネの背後でユーリアが息を呑む。おそるおそるうかがうアランの表情に変わりはないが、内心穏やかではないのは確かだ。

「ハーシェル様――」

「おふたりのお部屋は二階です。ご案内いたしましょう」

マデレーネがなにかを言う前にハーシェルは手をとったまま、先に立って歩きだした。あくまでマデレーネをアランよりも優位にもてなそうというのだ。

そのうえ、客間の並ぶ廊下で、ハーシェルは振り返り、ふたつのドアを示した。

「こちらがマデレーネ様のお部屋、こちらがアラン殿のお部屋です――どちらかわからなかったもので、二部屋ご用意いたしました」

底の読めない琥珀色の目をたわめ、ハーシェルは嘯《うそぶ》く。

ノシュタット領では、アランとマデレーネの寝室は分かれている。それは、冷えきった関係から始まったふたりの過去によるものだ。

でも、今は違う。今のふたりは、心を通じあわせている。

そのことをハーシェルに示さねばならない、とマデレーネは直感した。

「ハーシェル様――」

「ハーシェル殿」

マデレーネの声に応えるように、アランの声が重なった。

つかつかと歩みよったアランは、マデレーネの肩を抱くと、自分へと引きよせる。

鳶色の瞳がハーシェルをひたと見据えた。

「俺は、地位や利益のためにマデレーネを妻としたのではありません」

背中にアランの温もりを感じ、怒りさえ含む低い声が降ってくるのを、マデレーネは聞いた。

「愛しているからともにいるのです。試すような真似はおやめいただきたい」

「……ふむ」

鋭い視線を向けるアランとは裏腹に、ハーシェルの反応は平然としたものだ。感心したように顎に指先を当て、アランを見つめている。

「なにか?」

「いえ、ほら、マデレーネ様が」

言われて腕の中のマデレーネに視線を落とし——。

アランは目を瞠《みは》った。

真っ赤になった頬を押さえ、マデレーネは困った顔をしている。そんなマデレーネを見ているうち、アランの顔にも朱がのぼってきた。

しまった、とアランも顔を覆う。ハーシェルの挑発にのって、いきなり手の内を見せてしまった。アランが噂どおり利益のために王女を妻としたのか、それとも本気でマデレーネを愛しているのかを、自分の目で確かめたかったに違いない。

だがそれ以上に、楽しげな笑い声を立てるハーシェルは、たぶん性格が悪い。

「あなた方が仮面夫婦でないことはよくわかりましたよ。部屋は同室にしましょう。それでよろしいですか」

「……ええ。お願いします」

冷静な声色をとりつくろったものの、赤くなった顔で言っては威厳もなにもないだろうと、アランは内心で渋面を作った。


代わりの部屋はすぐに用意されたから、やはり試されていたらしい。

「王都の貴族様っちゅうのは、意地の悪い真似をなさるんですねえ……」

せっせと荷ほどきをしながら、ユーリアは信じられない顔をしている。椅子に腰かけてその様子を見守りながら、マデレーネも困った顔で頷いた。

「良くも悪くも、王都の方々は北部領の方々のようにはいかないわ」

「そういうもんですだか」

本心を隠し笑顔で皮肉の応酬をするのが中央貴族だ。マデレーネからしても得意とは言えない。

そしてまた、商談ならば駆け引きに強いアランも、こういった揺さぶりには弱い。

「ヨハンのやつはいい方ですなんて言っていたが、あのお方は曲者《くせもの》ですぜ。旦那様の弱いところばっかし突いてきやがる」

「弱くて悪かったな」

先ほどの記憶がよみがえり、アランはむっすりと腕組みをした。

認めたくないが、リュフの言葉は事実だ。ハーシェルの〝試験〟をかわすなら、あんなに真正面から異議を申し立てることはなかった。

むきになってしまったのは、貴族然としたハーシェルが――マデレーネの手をとるハーシェルが、アランよりも相応しく見えたからだ。

「リュフさん！　旦那様と奥様のあいだに挟まってねえで働いてくだせえ！　ほらこれ、向こうの部屋ですだ！」

「ベルタさんにも似てきたな、お前……」

ユーリアに叱られて、リュフは慌てて荷物をほどき始める。

そんなふたりの様子に苦笑いを浮かべていたマデレーネだったが、アランと視線があうと気恥ずかしげに顔を伏せた。

「……アランがああ言ってくれて、嬉しかったのよ」

自分にだけ聞こえるように囁かれた言葉に、アランの心臓が跳ねる。

アランの手が、赤く染まったマデレーネの頬に触れた。その手に自分の手を重ね、マデレーネは目を閉じる。

「あなたに謝らなければ……俺は順序を間違えた。まずは、あなたに愛していると言わなければならなかったのに」

花を贈っただけで、愛の言葉も捧げていなかったと、アランはまたしても己の失態に気づかされた。

ノシュタット領で想いを告げた日、アランの問いに、マデレーネは嬉しいと言ってくれたのに。

「アラン……」

マデレーネの青い瞳にアランが映る。

（……リュフさん！）

主人夫妻がいい雰囲気であることを察知したユーリアは、荷ほどきの手を止めてリュフの肩をつついた。ここは彼らをふたりきりにしようというのだ。

意図を察したリュフも頷き、ふたりは身を縮めると音を立てぬよう廊下に続くドアを開けた。

背後では主人夫妻がさらに距離を詰める――。

その様子を見守りつつ一歩を踏みだしたユーリアが、ぼふん、となにかにぶつかった。不思議そうに顔をあげたユーリアの視界に映るのは、廊下ではなく、高級感あふれるジャケットで。

「ギャ――――ッッッ!?!?」

迸《ほとばし》った悲鳴に、寄り添おうとしていたアランとマデレーネの身体がぱっと離れる。

「ど、どうしたの？」

振り向いたマデレーネは、腰を抜かしたユーリアと、にこやかな笑顔でメイドを従えるハーシエルの姿を認めた。

「あわわわ……ごめんなせえ、おら……」

「軽食をお持ちしました。ヨハンが腕によりをかけたタルトですよ」

「あ、ありがとうございます」

マデレーネが頬を染めながら頭をさげる。

見覚えのあるタルトは、ノシュタット領の晩餐会でふるまったもの。ヨハンの名とそのタルトを出されては、邪険にはできない。

「先ほどは失礼をいたしましたから、お詫びもかねて。どうぞおふたりでごゆっくりとおすごしください」

（……こういうところだ）

部屋の中を見れば状況はわかっただろうに、いけしゃあしゃあとそんなことを言うハーシェルに、やはり食えない男だとアランは内心で顔をしかめた。

だが、ハーシェルの揺さぶりはそれだけでは終わらなかった。


夕食にも、ヨハンが腕をふるったのだという料理が出された。

「ヨハンが、ハーシェル様はすばらしい主人だと言っておりましたわ」

「それは嬉しいことを。もうお会いになられたのですね」

「ええ、先日」

風鶏亭でのヨハンとリュフの話を聞き、ハーシェルは声をあげて笑った。話の弾んだ空気を作りだしてしまえるのが小憎らしい。

アランは黙々と食事をすませた。揺さぶりをかけられる理由がひとつしか思い浮かばない時点で、内心を隠してにこやかに笑うことなどアランにはできそうにない。

「そうだ、実は、妹がカイル殿下に想いを寄せているのです。贈りものをしたいと言うのですが、なにかお好きなものはあるでしょうか」

「そうですね、カイルお兄様は本を読むのがお好きですわ。とくに異国の書物を集めておられました」

「異国の……」

「ええ。ご自分の目で見たいからと、書物問屋を宮殿に呼ぶこともございました」

「マデレーネ様も読書はお好きですか？」

「わたくし？　はい。わたくしも本は大好きです。幼いころから読んでおりましたから」

「ではわたしからマデレーネ様にも、一冊贈らせていただけませんか」

「――ハーシェル殿」

新たな話題を始めて数分でマデレーネへのプレゼントを決めたハーシェルを、アランは干した魚のような目で見た。

世慣れた雰囲気のハーシェルは、結婚して八か月もたってからようやく花を贈ったアランとは大違いだ。花以外の贈りものができないでいる自分との差を見せつけられた気分にもなる。

「夫の目の前で妻を口説くのはご遠慮いただけませんか」

言ってから、隠れて口説かれても困ると思い直し、

「……もちろん、俺のいないところでもおやめください」

「……ッ、はい、失礼しました。今後は気をつけましょう」

ハーシェルはあいかわらず飄々《ひょうひょう》とした笑みを浮かべているものの、フォークを持つ手がぷるぷると震えているのを見て、アランは二度目の失態を悟った。

◆

夕食のあと、ハーシェルはアランとマデレーネを夜食に誘った。部屋にはワインと、ナッツやハムといった軽食が置かれ、用意をすませるとメイドは一礼して退出した。

「ここは星見の間と言いましてね。どの部屋からも独立し、冬の寒さを防ぐためにガラスは厚い。そのおかげで名に似合わず、密談にもってこいなのです」

降り落ちてきそうな星々を見上げ、ハーシェルは呟く。その説明のとおり、ほかの部屋よりも大きな窓からは夜空といまだ明るい王都の灯《ともしび》が見えた。ランプを消せば夜景はより輝くだろう。

窓を背にしたハーシェルの銀の髪も、彼に向きあうマデレーネの金の髪も、灯りを反射してきらきらと輝いた。自分だけがひとり闇に沈んでいるとアランは思う。

「単刀直入に言いましょう」

視線を伏せ、それからもう一度アランを見つめ、唇の端に笑みをのせながら、ハーシャルは告げる。

「マデレーネ姫をわたしにください」

そんなハーシェルを、アランは冷たい視線で見つめ返した。

「……答えはおわかりのはずですが?」

「ええ、そうですね」

アランにもマデレーネにも動揺が見てとれないのを確認し、ハーシェルはふっと息を吐いた。

感情を読ませないための笑みではなく、困ったような苦笑が表情に現れる。

「部屋を同室にしろと言われなければ、カイル殿下にご報告するつもりだったのですよ。おふたりは〝白い結婚〟だと」

「それを理由に、マデレーネを離縁させようと？」

イエルハルトと戦うのだと宣言したときのカイルは、決意を視線に滾《たぎ》らせていたが、まだなにかを隠している表情だった。それはこういうことだったのだろうとアランは思った。

妙なちょっかいをかけ続けてきたハーシェルの意図も、そこにある。

「カイル殿下にはね、守りたいものがありすぎるのです」

ハーシェルは小さくため息をついた。

「国のために、カイル殿下はイエルハルト殿下に反旗を翻す決断をなされた。わたしはそれに協力しています。カイル殿下はイエルハルト殿下を王太子の座から――そしてわたしは、フォルシウス公爵を宰相の座から引きずりおろす」

そうした利害関係の一致から、第二王子カイルとダルグレン侯爵家は手を組んだ。

「フォルシウス公爵家にはふたつの武器があります。ひとつは、王太子に信任された宰相という地位です。もうひとつは、国内最大の商会から湯水のように湧いてくる金。その両方を突き崩すためには、残念だがカイル殿下とわたしだけでは力不足だ」

「当然、ノシュタット家でも力不足だ、と」

アランの言葉にハーシェルは頷いた。

「経済力があり、領民たちの信頼も厚いとはいえ、そういった評価は北部のものです。中央では通用しない」

　地方領主としての地位しかないアランよりも、フォルシウス公爵に対抗できる地位を持つハーシェルのもとへマデレーネを——というのが、カイルの判断なのだ。

「わたしの妹をカイル殿下に嫁がせ、わたしがマデレーネ様を娶れば、王家とダルグレン侯爵家の結びつきはイエルハルト殿下とフォルシウス公爵家の結びつきよりも強くなる。フォルシウスが前回宰相に就いたときのやり口を覚えている者たちはわたしの側にまわるでしょう。少なくとも、拮抗するだけの派閥は整えられるはずだ。——言っておきますが、ここまでの考えはカイル殿下のものですよ」

　表情を険しくさせていくアランにハーシェルは肩をすくめた。

「カイル殿下はマデレーネを政略の道具と考えておられるのか」

「それは違うわ」

　マデレーネは首を振った。

　カイルは本来、マデレーネの婚姻を政略に利用することには反対だった。アランへ嫁げと言ったイエルハルトに本気の怒りを見せていた。

（カイルお兄様は……わたくしを守るために……）

　そこに自分の信念との矛盾が起きているとも気づかないほど、追い詰められている。

　マデレーネは胸に手を当て、呼吸を整えた。悲しみにひたっている暇はない。皆が自分の信じるもののために動いている。なら、マデレーネもそうするだけだ。

「ハーシェル様。わたくしがここへきたのは、わたくしの考えを知っていただきたいからです」

「ほう？　マデレーネ様は、どのような未来を描いておられるのでしょう」

おどけた態度をとりながらも、ハーシェルの視線は鋭い。マデレーネが敵となるのか味方となるのか、見極めようとしている。

背すじをのばし、マデレーネはにこりと笑った。

「わたくしは、皆が笑顔になれる未来を望んでおります。イエルハルト様とカイルお兄様のあいだに必要なのは、対立ではなく協力です」

カイルも言っていた。それはおそらく夢物語なのだろう。

だが、マデレーネにしか追えない夢だ。だからマデレーネは、イエルハルトとカイルのどちらかを選ぶことはしない。

選ぶなら、ふたりの兄両方の手をとりたい。

「王都の貴族の皆様とも……言葉を交わさぬうちから、敵と味方に分かれたくはありません」

ハーシェルはマデレーネの笑顔をじっと見つめた。やがて彼の口元にも、ほほえみが浮かぶ。

「ふ……笑顔、ですか」

「ええ」

「カイル殿下から、マデレーネ様は独自の考えをお持ちだとは聞いていました。でもまさかそうくるとは……ふふふ」

耐えきれなくなったように身体を震わせ、ハーシェルはマデレーネを見た。

厳しい状況下で美しい理想を語った人物を、彼はマデレーネのほかにもうひとり知っている。

（血は争えないということか）

身を起こし、ハーシェルは星見の窓から王都の夜を見つめた。先ほどよりも灯りは減り、眠りの中に沈もうとする街の上を、星が満たしている。

「今のわたしにもカイル殿下の案は賛成できません。あなた方を見てしまいましたから……夜ごと泣き濡れる花嫁を見るのはわたしの趣味ではありませんからね」

アランの腕の中で赤くなっていたマデレーネを見たときから、ハーシェルの心は決まっていた。

「わたしはカイル殿下に、計画の見直しを進言しましょう。あなた方は引き裂けぬくらい互いを愛しあっていると報告を添えてね」

ハーシェルはワインのボトルを持ちあげた。手ずから注いだ濃紅の液体をグラスごしに夜空に透かし、香りを楽しむ。

「それに、まだ手はあります」

どう転ぶかわからない切り札ではあるが。

「――ポトリダの皆様ですね？」

マデレーネの言葉に、グラスを傾けようとしたその手がぴたりと止まった。ワインを味わえぬままにグラスを置くと、ハーシェルはマデレーネを振り向く。

おそらくはアランとマデレーネがこの家にきて初めての、彼にとっては想定外の言葉だった。

「エリンディラ王妃も人の心を言い当てて周囲を驚かせたそうですが……どうしてそれを？」

「そのカフスは、ポトリダのルビーではないかと思いまして」

ルビーは、産地によって色合いや質が異なる。ハーシェルのカフスは、レイラにもらったものとよく似た色のルビーが使われていた。

ハーシェルは腕をあげてジャケットの袖口に留めた金細工のカフスを見た。たしかにそれは、ポトリダの使者から贈られたルビーだ。そう大きなものではないが、気に入ったからカフスに加工させた。彼らへの友好を示す意味もあった。

「ポトリダのルビーをご覧になったことが？」

疑問を滲ませるハーシェルに、マデレーネは困ったように笑う。

「実はわが家に、迷子の女の子がいるのです。その子が言っていました、〝大きなお屋敷〟から抜けだしてきてしまったと」

「……なるほど」

ハーシェルの顔にも苦笑が浮かぶ。

「見つからないと思ったらそんなところに。おかげで商談が進まず困っていたところです」

グラスを掲げるとハーシェルはぐいとひと息に飲み干し、近くにあったソファに身を投げだして沈み込んだ。

レイラの家族は交易の商談のためヴァルデローズを訪れたと言っていた。だとしたらダグマル商会かシエール商会が秘密裏に呼びよせたのだろう、というのがマデレーネの推測だった。しかしエーゲストもトビアンも、レイラのことを知らなかった。

彼らを呼んだのがハーシェルならば、狙いはポトリダとの交易による財だ。

「ポトリダとの通商が開かれるのならば、ノシュタット領も必要になるのではありませんか」

アランの問いにハーシェルは顔をあげる。

たしかに政治の世界でアランの権力は皆無に等しい。国全体の経済に影響を与えることもない。だが、北部領という地域に限って見れば、アランは〝成り上がり〟とまで揶揄されたほどの基盤を持っている。

「ノシュタット領内は街道も整備され、わが家は北部に拠点を置く商会のほとんどと取引がある。隣国との交易も盛んです」

ポトリダの商品を王都まで運ぶだけでなく、そこから北部にも運ぶことができれば、隣国との通商も叶うかもしれない。その商談をシェール商会が一手に引き受ければ、ダグマル商会をしのぐことも夢ではない――むしろ、アランの目にははっきりとした現実として、その道すじが映っている。

鳶色の瞳の奥には、領地を治める者の自負が宿る。

これが先ほどまで奥方との関係をからかわれていた彼と同一人物なのだろうかとハーシェルは目を細めた。

よくも悪くも、アランの素性は無骨な地方領主なのだ。

「どうやら頭をさげてお願いしなくてはならないのはわたしのようだ」

笑ったハーシェルは、次の瞬間には表情を引きしめて立ちあがると、胸に手を当てた。

「非礼をお詫びします、ノシュタット子爵アラン殿、マデレーネ夫人」

頭をさげたハーシェルは、マデレーネを見上げてほほえんだ。ノシュタット領の繁栄に彼女が関わったのは耳敏《みみざと》い者なら知っている。

「あなたはゆく先々に幸運をもたらすのかもしれませんね、マデレーネ姫」

◆

翌日の昼すぎ、レイラを乗せた馬車がダルグレン侯爵邸へと到着した。

出迎えた家族の姿にレイラの表情が輝く。馬車から駆けおりるなり弾んだ鞠《まり》のように両親の懐に飛び込む姿を見て、ユーリアは口元をほころばせた。

マデレーネたちといるあいだも明るくふるまっていたレイラだけれども、幼い身には心細かっただろう。

(寂しくなるべな)

でもユーリアよりも、もっと寂しいのはトビアンだろう。商談でノシュタット邸にくるたびにレイラと小さな恋を育んでいた彼は、肩を落とすに違いない。

マデレーネ曰く、彼らはこの家での商談が一段落つきしだい、いったん故郷に戻るらしい。

「ありがとうございました、アラン殿、マデレーネ様」

あいかわらずマデレーネを王女扱いしているハーシェルに、アランが胡乱《うろん》な目を向ける。やっぱりちょっと性格が悪いのだ、とユーリアは思った。きれいな見た目をしているからといって、心まできれいとは限らない。

「わたしからも、ノシュタット家の晩餐会にご協力を」

その侯爵様はにっこりと笑顔を見せると、背後に向かって手招きした。進みでたのはヨハンだ。

（人質の交換みてえですだ）

アランとマデレーネに頭をさげ、ハーシェルに礼を言うヨハンを眺めながら、ユーリアは心の中で呟いた。

昨夜、ダルグレン侯爵との協議はうまくいったようだ。なにがどうなったのか、レイラの家族はこのダルグレン侯爵邸に滞在していたらしい。それ以外にどんな難しい話をしたのか、一介の侍女には想像もつかないけれど。

今日のアランとマデレーネは朝からずっと手をつないでいるから、たぶんいいことがあったのだろうとユーリアは思った。


ノシュタット夫妻の乗った馬車が完全に見えなくなってからようやく、レイラは振っていた手をおろした。

表情には出さず、（やれやれ）と内心でハーシェルは嘆息する。アランとマデレーネには余裕たっぷりの態度で接していたけれども、それなりに危ういところだった。

（あのふたりはレイラの素性に気づいていなかったのか）

もしくは、気づいていてなにも言わずにレイラを帰したか。

『もう勝手に外には出ないでくださいよ、姫様』

ポトリダの言葉で告げれば、レイラはぷうっと頬を膨らませた。

『だってつまらなかったんだもの。せっかく新しい国にきたのに買い物もできないなんて』

『あなたは長の孫。なにかあればこちらの首が飛ぶのです』

『わたしたちと同じ銀の髪を持っているのに、あなたもつまらないことばかり言うのね』

銀の髪をひと房つまみあげ、レイラは閉じてしまった門を名残惜しそうに見た。

『もちろんもう勝手な真似はしないわ。わたしはあやうくポトリダの誇りを汚してしまうところだった。……それに、トビアンのやさしさも』

異国ではポトリダの血は疎まれることもあるのだと、祖父から聞いていた。手をさしのべてくれる者もなく窮地に陥ったレイラの思考を支配したのはその警告で、――マデレーネの髪飾りを奪おうとしたとき、心の底ではほんの少し、助けてくれない周囲を恨みかけていた。

それでもこぼれた謝罪の言葉をマデレーネは拾いあげ、ユーリアは大丈夫だと笑ってくれた。アランも、ぶっきらぼうだけれどもレイラ自身を嫌がっているわけではないのはわかる。

『きっとマデレーネはわかっていたのね、わたしの気持ちを全部。それでも許してくれた』

「ずいぶんと懐いたものですね」

「ことば、わかるよ」

ヴァルデローズの言葉で呟いた皮肉に釘を刺されて、ハーシェルは苦笑した。

「シエール商会と通商を結んでいただければ、マデレーネ様にもまた会えるでしょう」

「ほんとう？」

「そのようにおじいさまに言ってもらえますか？　我々があなたから目を離したせいで、大変にご立腹なのです」

「いう！」

両手をあげると特徴的な衣装をなびかせ、レイラはくるくるとまわった。

「これね、ユーリアの、うれしいおどり」

「ユーリア？　あの侍女ですか」

「ふふ」

いつのまにか、立っていた場所に影が落ちた。曇り始めた空を見上げて目を細める。

(昨夜は一面の星空だったが)

今夜はそうはいかないだろう。

「ハーシェル」

「はいはい」

小さな手に袖を引かれ、ハーシェルは身を屈める。

「マデレーネのこと、すき？」

思いがけない囁きを耳元に落とされ、ハーシェルは瞠目した。

「……好きですが、結婚したいの〝好き〟ではありませんよ」

「どうして？」

「わたしがマデレーネ様の味方をしたいのは、彼女に借りがあるからです」

――十年前の飢饉で、〝氷錆病《アイスラスト》〟を王都に持ち込んでしまったのは、シエール商会だ。直接の原因は氷錆病を隠して小麦を売った農村の側にあるとはいえ、利益に目がくらみ確認を怠った商会側の責任も重い。

しばらくのあいだ、シエール商会は王都の民からの信用を失った。フォルシウス公爵とダグマル商会が増長したのはその隙のこと。

過去は変えられないと知りながら、あの一件さえなければと何度思ったことか。

事件をきっかけに父親から当主の座を譲り受け、ハーシェルはシエール商会を立て直した。ポトリダの民と交渉する機会にも恵まれた。

そしてカイルから協力を乞われたとき――ハーシェルはひとつだけ条件をつけた。

マデレーネを娶るのは、その夫とのあいだに愛がないときだけです、と。

実際に自分の目で見たノシュタット夫妻は、想像以上に純粋だった。純朴といってもいいかもしれない。そのうえ、そこらの中央貴族よりずっと優秀だ。

（カイル殿下がマデレーネ姫に入れ込むのもわかる）

腹違いの妹でありながら、カイルはマデレーネをことさらかわいがり、そしてまた悲運の姫だと思っているふしがあった。

（しかし姫様は自力で戦う決意を固めていらっしゃるようだし、目つきの悪い騎士もいる）

彼らの唯一の弱点は、その身に流れる血の重さに気づいていないところだろう。

だから、目つきの悪い騎士殿に、ハーシェルはとある情報を吹き込んでおいた。

（さてわたしはどうするか）

まずはマデレーネのもたらした幸運が続いているうちにポトリダとの商談をまとめてしまうことだと、ハーシェルはレイラに笑顔を向けた。

◆◇◆

ダルグレン侯爵邸から戻った翌日は雨だった。

灰色の雲から落ちる雨粒を受け止めながら工夫たちが働いている。彼らは雨など存在しないかのように快活に言葉を交わしあう。

ソファに身を沈め、そんなざわめきに耳を傾けながら、マデレーネはまどろんでいる。

隣に座るアランの表情は、穏やかなマデレーネとは対照的に険しい。マデレーネにとっては周囲に人がいることの証明であるざわめきが、アランにとっては己の心象風景のように思えてしまうのだ。

アランの心は晴れず、風もないのにざわめいている。

きっかけは、ハーシェルの一言だった。

帰り際、マデレーネを馬車に乗せ、自らも乗り込もうとしたアランに、ハーシェルは囁いた。

「マデレーネ様の夫があなたでよかった――わたしでも公爵閣下でもなくてね」

問い返す暇を与えず、ハーシェルは「また会いましょう」とアランを馬車に押し込んだ。

よみがえるのは、輿入れの日だ。

サン＝シュトランド城を訪れたマデレーネは、アランに会い、驚きと安堵の入り混じった表情を浮かべた。それはすぐに隠されて消えてしまったが、彼女が予想していた待遇はもっとひどいものだったのだろうとアランは考えた。

今となってはどうでもよいその推測が当たっていたことを、アランは知った。アランの名を出されるまで、マデレーネは、自分はフォルシウス公爵に嫁ぐのだと思い込んでいたのだろう。

王家の血すじは、想像よりもずっと重い。

以前のマデレーネは王家にとってお荷物だったかもしれない。だが多額の借金はノシュタット家によって清算され、今の彼女には、その美貌と、聡明さと、王女という血統だけが残っている。ハーシェルはそのことに警鐘を鳴らしたのだ。

過去のアランが自分にそう言い聞かせていたように、〝成り上がり〟の地方領主は、マデレーネにはつりあわない。今後もその事実は、アランの前に突きつけられる。

マデレーネから贈られた白い仔山羊《キッド》の手袋を見つめ、アランはノシュタット領での晩餐会を思いだしていた。

笑うことすら長らくしてこなかった自分が社交の場でのふるまいを特訓したのは、身分をのりこえ、マデレーネに相応しい伴侶でありたいと、そう願ったからだ。

その想いは今も変わらない。

ほんの短い夢が終わって、マデレーネはまどろみから目覚めた。隣にはアランの気配がある。気づかれないように横顔を見上げ、マデレーネはまた目を閉じた。

初めて出会った少年のころからどこか大人びていて、マデレーネとは一線を引いていた。嫁いできたマデレーネにも、最初は突き放す態度をとって――けれどもそれが彼のやさしさなのだと気づいて、アランが特別になったのはきっとそれからだ。

「マデレーネ、起きているのでしょう」

ひそりと囁きが落ちて、額にかかる髪をすくいあげるようにアランの指先が撫でた。

おそるおそる目を開けば、すべてをお見通しだと言いたげな鳶色の視線がマデレーネにそそがれている。いつからそうやって見つめられていたのだろう。

「口元が笑っていた」

「……アランのことを考えていたせいよ」

恥ずかしさに頬を赤らめながらも正直に言えば、照れた表情はアランにも移った。お互い、愛を囁きあうのはまだ慣れない。

「俺もあなたのことを考えていた。……あなたを誰にも渡したくない、と」

思いがけない言葉にマデレーネはアランを見つめた。

想いが通じあうまで、アランは常にマデレーネから距離をとろうとしてきた。それを知るマデレーネには、その言葉がどれほどの重みを持つのかも理解できた。

ふたりのあいだに横たわる身分の壁に、アランは立ち向かうつもりなのだ。

立ちあがったアランは、マデレーネに向かい膝をついた。物語の騎士がそうして愛を乞うように、左手をとると、こうべをたれる。

「愛しています」

薬指に柔らかな感触がふれた。おさまりかけていた鼓動が、ふたたび高鳴り始める。

「あなたに指輪を贈りたい。俺と揃いのものを。……いいですか？」

上目遣いに見上げられ、マデレーネは目を瞬かせた。

自分を見つめるアランの表情を、赤く染まった頬やはにかんだ口元を見ていたいと思うのに、あふれてくる涙に視界は遮られてしまう。

「はい……！」

立ちあがったアランの指先が涙を拭った。こらえきれずに手をのばせば、アランはそっと抱きとめてくれた。

◆◇◆

「スウェイさんへ……旦那様と奥様は、たいそうアツアツになられました。おらもほっとしておりますだ……ええと、どんぐれえアツアツかと言うと……」

テーブルに向かうユーリアは、ぶつぶつと呟きながらペンを動かす。声に出しながらでないと、綴りに悩んだ途端に自分がなにを書こうとしていたのかわからなくなってしまうのだ。

集中しているユーリアは、自分の背後に人が立ったことに気づかなかった。

「そばにいるときはずっと隣に座ってなさるし、手もつないでなさるし……」

「ユーリア」

「ッ、ぎゃあああああああ!?!?」

勢いよく叫び声をあげ、勢いよく振り向いて、ユーリアはそこに立つ人物がアランであることを理解してさらに声にならない悲鳴を発した。

アランのほうは、そんなユーリアの奇声も気にした様子はなく、

「これも一緒に出しておいてくれ」

と二通の封筒をさしだした。

宛名は、リルケ子爵と、スウェイだ。

見上げたアランは、穏やかな表情をしているけれども、瞳の奥には決意が秘められているような気がした。

「へ、へえ……」

「それから、俺たちのことはあまり筒抜けにするな。……スウェイへの手紙は十行でいい」

それでも十行は書かせてくれるアランは、たぶんやさしい。

封筒を受けとり、「わかりましただ」とユーリアは答えた。

枚数の減った手紙と、アランからの直々の手紙を受けとって、スウェイの心境はとんでもなく複雑なことになるだろうな、と思いながら。

一方、部屋を出たアランは、その足でロブのもとへと向かった。招待状の送付リストと格闘していたロブは、眼光鋭い主人の入室に顔をあげ、

「……妻と、揃いの指輪を用意したい」

挨拶もそこそこに切りだされた用件に目を見開いた。

と思えば、その目にはみるみる涙があふれていく。

「もちろんでございます、坊ちゃま……いえ、旦那様！」

さっそく手配をいたします、と駆けだしてゆくロブの後ろ姿を見送り、アランは両の手のひらへ視線を落とした。

大きさのあわない革の手袋で覆ってばかりだったこの手は、近ごろでは社交の証である白い手袋をまとうようになり。マデレーネに触れる機会が増えてからは、以前よりも素手でいることを好むようになった。

だが、己の両手だけでは、マデレーネは守れない。

アランは目を閉じ、小さく息をついた。

それでも、もてるすべてを使って、マデレーネの隣に寄り添ってみせよう。

第四章 ◇ 公爵家からの招待状

数週間後、ノシュタット子爵家から、披露目の晩餐会の招待状が王都じゅうに送られた。王都に住む貴族らすべてに加え、ハーシェルの助けを借り、主だった知識人や商家、組合《ギルド》の長も名を挙げることができた。

「こりゃあ、領地でやったのの数倍の規模になりますね……」

リュフとヨハンが招待客のリストを眺めながら眉根を寄せる。うんうんと悩み声をあげるふたりだが、難題を前に顔は生き生きと輝いている。

「ほかにも料理人を雇い入れなければなりませんな」

ロブも柔和な顔を緊張に引きつらせている。王太子の命で、王女の結婚の披露目を行うのである。長らく王都に住むロブにも、聞いた覚えがないほどの事態だ。それがまさか自分の仕える主人に降りかかってこようとは。恐ろしい――けれども、涙が出るほど嬉しい。

「食材の交渉も開始すべきだろう」

「あとは、宿に、馬車の手配に……」

ユーリアの手にはスウェイからの指示書が握られている。几帳面な執事は、ノシュタット領で開いた晩餐会の手順をきっちりと書き留めていた。

考えすぎて頭から煙が出そうになるたび、ユーリアはスウェイの指示書を眺める。内容の理解には時間がかかるが、流麗な筆跡は見るだけで優秀な執事の姿をまざまざと思い起こさせる。

「はあ〜、スウェイさんの字、きれいですだ〜！」

「若いとはいいものですねえ」

「おれにもこんな時期があったかねえ」

元気をとり戻したユーリアに、ロブとリュフは顔を見合わせて笑った。

「ロブさん、ダグマル商会の方がお越しです」

メイドに案内されて、トビアンがやってくる。

「皆さん、お揃いで」

はじめこそ自分のような小僧がノシュタット家の窓口となってよかったのかと申し訳なさそうな顔をしていたトビアンも、すぐに慣れて堂々とした態度になった。レイラの言っていたとおり、彼は商会の仕事が好きなのだ。

担いでいた小包をテーブルへ置き、紐をほどくと、銀細工のカトラリーが顔を覗かせた。

「三種類の見本を持ってきました。こちらは値は張りますが葡萄の実と蔓葉とをあしらった繊細な細工で、王宮で使用されているのと同じものです」

食事に利用する皿やカトラリーは晩餐会でも最も気を遣う品々だ。晩餐会にはイエルハルトやカイルも参加することを踏まえ、招待客の位も考えた品物を提案している。

それぞれが真剣な顔で額を突きあわせているのを見守り、マデレーネは頷いた。心を込めたもてなしは、中央の貴族たちにもきっと伝わるはずだ。

（彼らがいてくれればどんなことも乗り越えられる気がするわ）

もちろん領地に残してきたスウェイやベルタといった人々の支えがあるからこそ、でもある。

マデレーネは居場所を手に入れた。こうして、ともに歩んでくれる仲間も。

（イエルハルト様はどうしていらっしゃるかしら）

いまだに会おうとしない異母兄を思いだし、マデレーネは小さくため息をついた。

会ってお話がしたいのですと、イエルハルトへ宛てて書いた手紙に返事はない。

ノシュタット邸へ一通の招待状が届いたのは、そんなときだった。

◆

ユーリアは不安げに目を瞬かせた。

ロブがなんともいえない表情で「旦那様と奥様へ」と持ち込んだのは、一通の書状だ。形状と厚みからしてそれは、つい最近ユーリアたちがせっせと封をして王都じゅうに配ったもの――招待状、というものだろう。ノシュタット領でアウロラの授業を受け、王都でもマデレーネ直々の手ほどきを受けているユーリアには、差出人の名前が読めてしまった。

（フォル、シ、ウス……公爵）

文字を知り、綴りを知り、領地や王都の地理を知り、ユーリアはたくさんのことを知った。でも、世の中には知れば知るほど難しくなることもあるのだ、とユーリアは思う。

ユーリアから招待状を受けとったマデレーネも、少し困った顔をした。

「三日後というのは、急すぎるわね」

　フォルシウス公爵がよこした招待状は、三日後の晩餐会のものだった。ハーシェルのように、ノシュタット家だけを招待したのではない。晩餐会というある意味おおやけの場への、突然の誘い。これでは支度をするだけで手いっぱい、情報を集める余裕はない。

　アランも表情を曇らせる。

「余興の見世物かもしれんな」

　見世物になるとすればアランではない、マデレーネのほうだ。

「だからといって、断ってせっかくの機会をふいにしたくはありません」

「署名はどうする」

「ノシュタット子爵夫人として、お返事いたしますわ」

　アランの問いにマデレーネはきっぱりと答えた。

　王女マデレーネと返事を出せば、それに相応しい待遇が用意されるだろう。子爵夫人では扱いはまったく別のものになる。それでも、ノシュタット子爵夫人であり、アランの妻であることが、マデレーネの望む立場だ。

「わかった」

　マデレーネの手をとり、アランは腕の中へと抱きよせた。逆らわずアランの首すじへ頭をもたせかけるマデレーネの金の髪を撫でながら、ふと気づいて周囲を見まわせば、空気の読める使用人たちはそそくさと部屋を出ていくところだった。

時期外れの晩餐会にも、訪れる客は多かった。テーブルには王都でも手に入れることの難しい珍味が並べられ、人々はワインをかたむけあい談笑に興じている。

しかし、王都じゅうの貴族たちが集められたのではないかと思うほどの盛況ぶりは、かえってアランの警戒を強くした。王宮と見まごうほどのフォルシウス公爵邸の大広間、そこへきて疑念はいよいよ確信に変わりつつあった。

(ここにいるのは、我々が招待した貴族たちだ)

ハーシェルの助言を受けながら、アランとマデレーネは王都の貴族全体に招待状を送った。しかしノシュタット家の招待に応じると返事をよこした家は、今のところない。

王都じゅうの貴族たちが集められたのではないかと思うほどの盛況ぶり、ということはつまり、アランとマデレーネの招待状を受けとりながらも返事を出し渋っている貴族たちが集っているということ。

「――あれが〝成り上がり〟に嫁いだ王女？」

思わず振り向いた瞬間、口元を扇で隠した婦人がさっと視線を逸らした。

それでもなお周囲から不躾に向けられる視線の数々。囁きかわされる言葉たち。

(やはり見世物か)

「アラン」

マデレーネに囁かれ、自分が眉根を寄せていたことに気づき、アランは表情をゆるめた。

侮蔑の視線など、アランにとっては慣れたもののはずだった。なのに、それがマデレーネに向けられるとなった途端、感情を押し隠すことができなくなる。

「あちらにフォルシウス公爵がいらっしゃるわ。ご挨拶にまいりましょう」

マデレーネが示す先では、背の高い男が笑顔を振りまいていた。赤毛を撫でつけ、黒の燕尾服を身にまとった男は、派手な噂とは違って腰の低い態度をとっている。

爵位を越えて初対面の挨拶を交わす際には、紹介者が必要だ。北部の貴族たちもハーシェルもいないこの場で、ノシュタット夫妻とそのほかの貴族たちを引きあわせるのはフォルシウス公爵の役目だ。

「わたくしがもっと社交の場に出ていればよかったのだけれど……」

うつむくマデレーネの横顔を見つめ、アランは首を横に振った。王宮で味方のいなかったマデレーネは、晩餐会に出たこともない。そうでなければ聡明な彼女は、貴族たちの顔を記憶しているはずだった。

「マデレーネ、こちらへ」

歩んでいた足を別の方向へ変え、マデレーネの手を引いたアランはテーブルへ歩みよる。デザートのテーブルには小さくカットされたフルーツ入りのカクテルグラスが並べられていた。

不思議そうに見上げるマデレーネにそのうちのひとつをさしだす。

「ありがとう」

グラスを受けとり、ひと口含んで、マデレーネは笑顔を見せた。

炭酸とミントの爽やかな香りが喉を伝わった。その後に、フルーツの甘酸っぱさも。

（やっぱりわたくしは、このひとが好き）

マデレーネを覗き込むアランは、なんと言葉をかけたらよいのかわからなかったらしい。きっと世慣れした中央の貴族たちに比べれば不器用なのだろう。でも一心にマデレーネを愛そうとしてくれている。

（もうわたくしはひとりではないのだわ）

それはなんと幸せなことか。

「手を」

アランのさしだした腕をとり、マデレーネは広間を歩いた。

寄り添うふたりに、貴族たちの囁き声は大きくなる。

「あれが、北部の……」

「〝成り上がり子爵〟。飢饉の際に小麦を売って財を成したという」

「王女殿下を妻に迎えて、晴れて王都にお目見えということ？」

「やはり噂は本当だったのだ。ノシュタット子爵は公爵位を求めていると――」

違う。

そう叫びたくなるのをこらえ、アランは平静を装う。

(公爵に会う前に騒ぎを起こすわけにはいかない)

しかし、フォルシウス公爵のもとへたどりつく寸前で、囁きはぴたりと止んだ。

アランとマデレーネも足を止める。

「宴の半ばではありますが、――」

芝居がかった仕草で公爵が大扉を指し示すと、わっと歓声があがり、拍手が湧き起こった。

視線をあげたアランの前で、扉が開き、ふたつの人影が現れる。

ひとりは、マデレーネに似た、けれどもやや色合いの異なる金髪に、冷たい暗青色の瞳の青年。鬱屈に沈んだ瞳を隠すように、表情は笑顔を作っている。もうひとりは、真紅の髪とアーモンド色の瞳を持つ令嬢。薔薇の花びらを舞い散らせたようなドレスを優雅に着こなし、隣に立つ青年を見つめ、頬を染める。

「――……イエルハルト様……?」

マデレーネの引きつった声が、アランの耳に届いた。

(この方が、イエルハルト殿下……)

借金の肩代わりを持ちかけ、その報償にマデレーネを嫁がせた異母兄。

フォルシウス公爵の晩餐会にイエルハルトが出席するとは予想していなかった。だが、思わぬ出会いに驚くのはアランとマデレーネだけのようだ。ほかの貴族たちはこのことを知っていたのだろう、イエルハルトが手をあげるのを合図に、礼の姿勢をとった。

アランも頭をさげ、我に返ったマデレーネもドレスのスカートを持ちあげて腰を折る。

イエルハルトはそんな彼らに一瞥をくれることもなく、エスコートした令嬢とほほえみあい、フォルシウス公爵にも笑いかけた。

頷いた公爵は集まった貴族たちを見まわし、厳かに述べた。

「本日お集まりいただきましたのは、ほかでもありません。この上なくよろこばしい、かつ名誉なご報告を、皆様にさしあげるためでございます」

どくり、とマデレーネの心臓が鳴る。

震える手のひらにじっとりと汗が滲む。

(聞きたくない)

反射的にそう思って、マデレーネは自分の想像に愕然とする。

「マデレーネ……?」

マデレーネの様子に気づきアランがかけようとした声は、弾んだ声に遮られた。

「このたび、イエルハルト王太子殿下と娘カトリーナとの、婚約が結ばれました」

広間を満たす喝采があがる。

王太子を称え、公爵とその令嬢をよろこぶ祝いの声が交わった。

「——……!」

くずおれそうになる身体をなんとか支え、マデレーネは平静をたもとうとした。それでも、顔は青ざめている。

「どうした、マデレーネ」

「アラン」

　マデレーネは笑顔を作る。無理をしていることがわかる、痛々しい笑顔だった。

「イエルハルト様は、このためにわたくしたちを」

　アランはイエルハルトを見た。手をあげてふたたび招待客に応えたイエルハルトは、その手をアランとマデレーネへ向ける。

「皆の祝福に感謝する！　今日はわが妹もこの場にきている――妹マデレーネは北部の雄、アラン・ノシュタット子爵に嫁いだ。どうか、彼らにも祝福を！」

　貴族たちは立ちすくむアランとマデレーネに視線を向けた。薄ら笑いとおざなりな拍手がふたりを包む。

　ようやくアランにもマデレーネの言った意味が理解できた。

　イエルハルトは最初から、披露目をさせる気などなかったのだ。

（俺たちが王都に呼ばれたのは、中央貴族の敵を演じさせるためだ）

　この婚約で、イエルハルトはフォルシウス公爵とのいっそうの親密さを宣言した。

　そして、これまでなら公爵家の独占にいい顔をしなかったであろう貴族たちは、北部の子爵家が己の上に立つよりは――と、心を決めてしまったらしい。

「――イエルハルト様！」

　カトリーナの手を引き貴族たちのあいだをめぐるイエルハルトへ、マデレーネが近づく。けれどもそれは、周囲の貴族たちによってすげなくあしらわれてしまう。

「ご挨拶は順番に、でしょう。ノシュタット子爵夫人」

「……！」

扇の向こうから意地の悪い視線を覗かせるのは、先ほどマデレーネに陰口を呟いていた婦人のひとりだ。彼女らはイエルハルトを隠すように周囲に侍り、口々に祝いの言葉を述べた。

さしだしかけた手を引き、マデレーネはうつむく。

「……ご無礼を、いたしました……」

マデレーネの肩を抱きながら、アランは奥歯を噛みしめた。

「皆様、私とマデレーネは、爵位のためなどではなく――」

「ああ、本当によい縁談だこと！　王太子殿下と公爵家のご令嬢。身分もよくお似合いですわ」

アランの訴えを遮り、婦人は敵意のこもった声を張りあげた。

「アラン、わたくしは、間違っていたのかもしれません」

顔を伏せたままぽつりとこぼされた呟きに、アランは息を呑んだ。

北部の領主たちはアランを妬んだが、彼らはノシュタット領の重要性を、アランの領主としての実力を知っていた。マデレーネが負った借金の正体も理解した。だから手をとりあうことができたのだ。

けれども王都の貴族たちは、なにも知らない。アランの生い立ちも、マデレーネの真心も。彼らに見えるのはただ、金の力で王女を娶り、自分たちの上へ立とうとする身の程知らずと、それを後押しする王女だけ。

「やはり王族の伴侶は中央の貴族でなければ」

「ええ、そうですね。地方領主が公爵などと……夢の見すぎでしょう」

「いくら金があるといっても、気品がなければ、ねえ？」

投げつけられる言葉は激しさを増す。

「皆様」

アランの手に手を重ね、マデレーネは顔をあげた。

悲しみに満ちたほほえみを浮かべながらも、貴族たちに向きあい、まっすぐに立つ。

「どうか皆様とお話しする機会をお許しいただけませんか」

乞うように、マデレーネはスカートを持ちあげ、膝を折ると、深々と礼をした。最高峰の教育を受けた者にしかできない、完璧な礼だった。

顔をあげたマデレーネは、金の髪を輝かせ、青い瞳をひたと周囲に向けた。

その気品ある姿にマデレーネが王女であることを実感したのだろう。貴族たちは気まずそうな表情を浮かべると、そそくさとその場をあとにした。

◆

重たい空気をまとって帰宅した主人夫妻に、ユーリアは一瞬ひるんだものの、すぐに笑顔を見せた。

「ただいま、ユーリア」

「旦那様、奥様、お疲れ様でごぜえました！　なにか召しあがりますだか？」

「いいえ、……」

首を振り、言葉を詰まらせるマデレーネの前へ、ユーリアはずいっと一歩を踏みだす。

「では、ミルクポトフはいかがですだか？」

「……」

マデレーネの視線がようやくユーリアの視線に交わった。そのときになって初めて、自分はうつむいたままだったのだとマデレーネも気づく。

マデレーネは周囲を見まわした。つられてアランも顔をあげる。

「今夜は、リュフさんがこっちでの晩餐会に出すメニューの試作品を作ってくれたんですだ。あの海老も、王都なら安くなるからっていっぺえ入れてくれて……」

思いだしたのかユーリアの顔がふわんと赤くなる。

その素直な表情は、冷たい視線を浴び続けてきたマデレーネの心をしっかりととらえた。

「ええ、そうね。お願いできるかしら。ねえ、アラン？」

「ああ……頼む」

頷くアランにユーリアの顔はさらに明るいものになった。

「リュフさんに言ってきますだ！」

勢いよく走りだしかけ、思いとどまってしずしずと歩く。王都にいるあいだは屋敷の中でも礼儀を忘れぬように、とはスウェイの言いつけである。

　ユーリアを見送り、マデレーネはほっと息をついた。

（そうだわ）

　ここはもう、ノシュタット家の屋敷。アランとマデレーネの部屋だ。神経を尖らせている必要はない。そう思ったら途端に力が抜けて、マデレーネは倒れるようにソファへ座り込んだ。

　青い瞳を覗き込むのは、気遣わしげなアランの鳶色の瞳。

「あなたは間違っていない」

　それは晩餐会でのマデレーネの言葉に対する答え。

　だが、マデレーネは首を振った。

　ノシュタット領での晩餐会で、マデレーネはもてなしを尽くして北部貴族たちの心を開いた。けれど、成功させてはいけなかったのだ。北部を団結させ、ノシュタット領を中心とした発展を模索すべきではなかった。

　脅威となりえる〝敵〟を見出した中央貴族たちは、こう考える——北部《むこう》が先に中央《こちら》を脅かしたのだ、と。

　たもたれていた均衡を崩してしまったのはマデレーネだ。マデレーネのしてきたことは、中央貴族にとっては目障りでしかなかった。

　このままではノシュタット家は窮地に陥る。いや、北部領全体が。せっかくうち立てた王都との交易に、フォルシウス公爵は公然と圧力をかけてくるだろう。中央貴族たちもそれに追随する。

　マデレーネの訴えを、彼らは聞こえないふりをした。送った招待状の返事が届くことはないだろう。

マデレーネが作ろうとしていた道は途切れた。残っているのはひとつだけ。

渦巻く思考を払うかのように、コンコンコン、とノックの音が響いた。

「旦那様、奥様。入りますだよ」

盆にはマグカップがふたつのっていた。盆をテーブルへ置くと、ユーリアはアランとマデレーネにひとつずつマグカップを手渡した。

ミルクとメイエル海老の香りがふわりと室内へ浮かびあがる。

ミルクポトフの具材はいつもより細かく刻まれて、いつもより時間をかけて柔らかく煮込まれていた。おかげで、スプーンを使わなくてもいい。

両手でマグカップを持ち、マデレーネはほろほろと蕩《とろ》けるような野菜や海老の身を味わった。

今日の食事がまだ残っているかのように言っていたけれども、疲れて帰ってくる自分たちのために、特別に作ってくれていたのだろう。

「奥様、髪飾りもとっちまいますだよ」

ユーリアの手によって、髪が解かれてゆく。イヤリングやネックレスも外されて、のしかかっていた重みは少しずつ楽になっていった。

「飲み終わったら、ドレスも着替えましょう」

そう言ってユーリアは今度はアランの背後にまわると、ジャケットを脱がせ始めた。

「あたたかい……」

ぽつりとこぼれた呟きに、ユーリアは「うめえでしょう」と頷く。

「このうめえもんが食べられるのは、おふたりのおかげですだよ」

アランの手袋をとりあげ、タイを外させながら、ユーリアは笑う。

「旦那様も奥様も、働きづめですだ。笑えねえときは休んでください。そのぶんおらが笑っときますから」

「ユーリア……」

自分を見上げるマデレーネに、ユーリアはにっかりと笑った。

「旦那様と奥様が幸せになってくださることがおらたちみんなの幸せですだ」

ユーリアの言葉にアランは目を細める。

――旦那様に笑っていただきてえし、幸せになっていただきてえ。

それは、マデレーネが嫁いだばかりのころにも言われたこと。

ユーリアを拾ったのはアランだ。家族を救うために人買いの手をとった彼女やそのほかの少女たちを、まとめてアランが買いあげた。

引っ込み思案で、気が弱い。だからこそ衝突することもなかろうと、マデレーネの侍女に命じた部分もある。

そのユーリアは、主人相手にも堂々と意見を言うようになった。

ユーリアの言うとおり、マデレーネの影響は、彼女自身が思うよりずっと大きい。

アランを、サン=シュトランド城の使用人たちを、北部貴族たちを、マデレーネは向きあうことで変えてきた。

「……ありがとう」

アランの口からぼそりと落ちた言葉に、今度はユーリアが目を見開く。

言葉だけでなく、その表情にも――。

「温かいものを飲んだら気が休まった」

「ええ、ありがとう、ユーリア」

アランを見たマデレーネも、弱々しいけれどもほほえみを浮かべた。

「着替えは自分でできるわ。ユーリアも休んで」

「では、おやすみなさせえ、旦那様、奥様」

主人の言葉に、空になったマグカップを受けとって、ユーリアは部屋を退出した。

普段ならばさがってよいと言われようと就寝の手伝いをさせてくれと言うところだけれども、ユーリアも動揺していた。その動揺を見抜いたマデレーネがああ言ってくれたのだ。

（ス、スウェイさんへの手紙に書いたほうがいいんだべか⁉　怒られちまうかな⁉）

礼を言ったとき、アランはユーリアに向かって笑いかけていたのだった。


それぞれに着替えをすませたアランとマデレーネは、ベッドに腰かけて肩を寄せあっていた。

励ましてくれたユーリアのためにも笑っていたいと思うのに、マデレーネの目には涙が滲む。

「……無理に明るくふるまわなくていい」

アランの指先がそっと涙を拭う。

「すまなかった。守ると言っておきながらこのざまだ」

「いいえ。守ってくれたわ」

アランがいなければ、あの場に立っていることすらできなかった。アランの肩に頭をあずけ、マデレーネは目を閉じた。こうして身を寄せあっていると、呼吸や、鼓動や、いろいろなものが伝わってくるような気がする。

部屋にはまだ香ばしいミルクの香りが残っていて、ノシュタット領での晩餐会を思いださせた。皆が楽しそうに笑っていたあの夜。

ひとつだけ、イエルハルトは道を残している。マデレーネがそれを選ぶのを待っている。

◆◇◆

めずらしいこともあるものだ、とゴードは思った。軽食の用意されたテーブルで、ゴードの隣にはアーネス男爵、対面にはリルケ子爵夫妻が席についている。

男爵の座を弟に譲ったゴードは、領地の経営を軌道にのせ、長らく縁のなかった交友を楽しんでいた。

アーネス男爵は、セルデン伯爵のサロンにいたころから顔だけはあわせていて、ノシュタット領の晩餐会で席が隣りあったことをきっかけに意気投合した。そう考えればこれも、アランとマデレーネのもたらしてくれた縁だ。

思い返してみれば、セルデン伯爵の取り巻きをしていたのは己の地位を守るためであったから、友人と呼べる貴族仲間はおらず、誰かに心の内を吐露することはできなかった。

自分を縛っていたものから解放されてようやく、ゴードは友人を作ることができたのだ。

そして今日はそこに、前触れもなくリルケ子爵夫妻が参加した。

「アーネス領にゴード殿がいらっしゃるとは、話が早い」

晩餐会などで会っても口数少なく、どこかぼんやりとした印象だったリルケ子爵は、その印象を裏切らず、感情を読みとらせない笑顔でアーネスとゴードに向きあった。

「アラン殿からの書状が届いてね。われわれの手を借りたい、と」

「アラン殿から？」

「マデレーネ様のために、力を貸していただきたいそうです」

ヴェロニカが言葉を引き継ぐ。

王都での披露目のため、しばらく所領を留守にするという連絡が届いたのは数か月前。北部貴族たちの心を和ませた晩餐会を思いだし、きっとうまくいくだろうと頷いたものだったが。

「アラン殿の代理人として指名された者を連れてきた。話を聞いてやってくれ」

リルケ子爵はそう言って、背後に控える人物に手招きをした。

「……やはり相当のことのようですな」

現れた人物の姿に、ゴードは目を瞠った。アーネスの表情も真剣な色を帯びる。

マデレーネは、自分たちを救ってくれた。アランがマデレーネのためだと言うのなら。

「我々にできることなら、なんでも」

貴族たちは、視線を交わし、頷きあった。

◆◇◆

こそこそと部屋を出ていくトビアンの姿に、エーゲストは下卑た笑いを漏らした。近ごろのトビアンはため息が多く、夜中に人目を忍んで水を使う。それはノシュタット家で受けた罰が身体じゅうに刻まれているせいだとエーゲストは信じている。服の下には人前に出せない傷が残っているのだろうと。

だが、井戸のそばまできたトビアンが服の下からとりだしたのは、レイラと揃いの革袋だった。もちろん傷などあるはずがない。

袋の中にはレイラからもらったルビーと、「かえる。またトビアンにあう　レイラ」とたどたどしい筆跡で書かれた手紙が入っている。ルビーは、風鶏亭での仲直りのあとにレイラがくれたもので、手紙はマデレーネから渡された。

（店長に見せたらとりあげられちまう）

そう思ったトビアンは、日中は肌身離さず袋を持ち歩き、夜中にこっそりと身体を清めることにしたのだった。ちなみにため息が多いのは、故郷に帰ってしまったレイラを想ってのこと。そんなことを知らないエーゲストは、暗闇に消えたトビアンの背中に勝手な想像をしていた。

おまけに、エーゲストにはもうひとつの楽しみがあった。

トビアンを担当に指名したノシュタット家。客の手前トビアンを叱りつけてぶん殴ったが、あの家がダグマル商会の敵であることは事実だ。

本店からの話によれば、先日の晩餐会で、ノシュタット家は居合わせた貴族たちからたいそうな不興を買ったらしい。かの家が開く晩餐会に出席する貴族などいないだろう。

すでに大量のカトラリーは納品した。明日には食器が届くし、食材の買いつけも進んでいる。返品を申し出られても突っぱねて、金をふんだくってやる。苦情はトビアンに押しつけよう——。

きたるべきその日を楽しみに、エーゲストは笑いを抑えきれなかった。

翌日、ノシュタット邸で、トビアンはなんともいえない顔になっていた。

妙に機嫌のよさそうなエーゲストから呼び出されたかと思えば、ノシュタット様のお屋敷に納品に行けと大量の木箱を指し示された。

「ここからここまで、全部持っていけよ！」

（ちくしょー、他人事だと思って簡単に言いやがって！）

「なんだ、その顔は！　損になる前に早く行け！」

どういう意味なんだと口答えするだけの気力はない。ひとりで運びきるなんて無理じゃなかろうかという量の木箱をかき集め、荷車を引きながらなんとか王都の外れのノシュタット邸へ運び入れれば、出迎えた子爵夫妻はエーゲストとは対照的に暗い顔をしていてトビアンはまた顔を引きつらせた。

「ご苦労だった」と一言だけのそっけないアランはいつもどおりとしても、マデレーネにも笑顔がないのは異常事態だ。おまけにユーリアをはじめとした使用人たちも、明るくふるまおうとしているがどこかぎこちない。

お化け屋敷に迷い込んでしまったような心持ちで、トビアンは服の下の革袋を握りしめた。

「ありがとうね、トビアン」

「ど、どうしたんですか？」

「いいえ、大丈夫よ。これは全部いただくわ」

晩餐会の品々を置いてあるのだという部屋に食器を運び入れると、屋敷にただよう重苦しい空気に耐えきれず、トビアンはぺこぺこと頭をさげながら帰った。

トビアンを見送り、揃いの食器の入った木箱の山を見つめて、マデレーネはため息をつく。

（招待状のお返事をくださる方はいないわね。せっかくの食器も使えないでしょうね）

客間の内装も変えた。外では改修工事も進んでいる。

でもすべてが無駄になってしまった。

（落ち込まないようにしようと思っているのに）

首を振っても、憂鬱な気分は追い払えない。

ノシュタット領でそうしたように、心を込めてもてなせば、王都の貴族たちにも心が伝わると考えていた。

食器もクロスも、アランとふたりで選び、買いつけたものだ。晩餐会自体は命じられたものであったけれども、アランの隣で、アランとともに屋敷を作りあげていくのは楽しかった。

（これはアランもわたくしもとっても気に入ったのよね。これは、決めきれなくて、ロブにも相談して）

未練がましいとは思いながらも、部屋の中を歩きまわり、マデレーネはとり寄せた品物をひとつずつ見ていった。

「あら……？」

カトラリーのセットを覗き、マデレーネは声をあげた。頼んだ覚えのないスプーンが一ダース入っている。

（間違えたのかしら）

大ぶりな銀のスプーンを持ちあげ、マデレーネは首をかしげた。

（重いわね。使いにくいくらいだと思うけれど……）

デザインもシンプルで、ほとんど装飾がない。丸く装飾のついた柄尻の根元に、手がけた工房の印が押されているだけだ。

（変ね……？）

鷲の頭を模した刻印に、マデレーネはふたたび首をかしげた。

重さや混ぜ物に不正がないよう、製造者の身元を示しておくための刻印だが、このようなものは見たことがない。

　母エリンディラはヴァルデローズの様々なことをマデレーネに教えた。母を亡くしてからも、思い出を忘れたくなくてマデレーネは図書室で知識を吸収し続けた。

（ヴァルデローズで使われる刻印を、わたくしはすべて知っているはず……）

　それがなにを意味するかに気づいたとき、マデレーネは息をつめた。

　窓際に座りマデレーネを見守っていたアランは、マデレーネの表情がこわばったことに気づいて席を立った。

「どうした？」

「アラン」

　顔をあげ、マデレーネは銀のスプーンを手渡した。

「これをハーシェル様へ」

　真剣なまなざしで、マデレーネはアランを見つめる。

「……あなたは？」

「わたくしは、王宮へまいります」

　それがイエルハルトの要求なのだと、公爵家での晩餐会でマデレーネは知った。マデレーネが北部の子爵夫人として動くほどに、中央との軋轢《あつれき》は深まる。その立場を捨て、王女として王宮へこいとイエルハルトは言っている。それがただひとつマデレーネに残された道だった。

「……行かせたくありません」

その言葉を裏づけるように、アランの腕は痛いくらいにマデレーネを抱きしめる。

マデレーネの言葉はアランも予想していた。

マデレーネが立ち止まったのは晩餐会のあの夜からほんの数日。いずれこうして答えを出すだろうことを、アランはわかっていた。

イエルハルトもカイルも、見ているのはマデレーネだけだ。アランなど眼中にない。

だからこそ、アランは、自分にしかできない方法でマデレーネのそばにいたいと願う。

「――ひとつだけ、条件があります」

言葉遣いを指摘する暇もなく、まぶたに柔らかなキスを落とされて、マデレーネは目を閉じた。

「条件？」

「王宮へ行く前に、俺と、デートをしてください」

驚いて開いた視界に映るアランは、切ない笑みを浮かべている。

「これは、新婚旅行――でしょう？」

◆◇◆

無数の煌めきに彩られた室内に、マデレーネはほうっとため息をついた。

場所は、王都の中心、多くの人が賑やかに行き交う大通りの、さらに一等地に立つマリジス宝飾店の二階。

貴族のみが立ち入ることを許される貴賓室に、アランとマデレーネは並んでいた。

出入り口近くにはユーリアも、表面上子爵家の侍女然とした顔をして控えている。が、内心は緊張のあまり心臓が口から飛びでそうな心境だった。

サン＝シュトランド城にいたころからたびたび自分が女主人直属の侍女頭であることを忘れていたユーリアは、王都の屋敷でも自分がロブと同等の地位にいることをすっかり失念していた。

暗い顔で帰宅したあの夜から数日たち、アランとマデレーネの表情にもようやく明るさが戻ってきたある日、ユーリアは外出の同行を命じられた。またおめかしだというマデレーネにうきうき気分でどこへ行くのかと尋ねれば、王都の一等地にある宝飾店だと返されてたまげた。

今度は正真正銘、お仕事抜きのデートらしい。よろこばしい反面、ユーリアの心は緊張に包まれた。

（おらの訛りなんか聞かせちまったら、奥様の恥ですだ！）

これまでのように大工組合や王都の外れにある謎にボロい商会を訪ねるならいざしらず、ここは貴族御用達の宝飾店だ。訛りまくった自分の言葉は秘さねばならない。

しかし、そんな決意をあざ笑うかのように、ひとりの男がユーリアに近づいた。撫でつけた髪をひとすじだけ前へたらしたヘアースタイルは、自信の表れに見えた。

胸に手を当て軽く会釈をする男に、都会の人間だ、と反射的に思ってしまって、喉が引き絞られるようになる。

「失礼ですが、レディ」

「……わたくし、でしょうか」

「はい。私、レオナード・ジョルジュと申します」

「どうもご丁寧に。ユーリア・ブランテと申します」

ゆっくりと、慎重に顔をあげ、ユーリアは笑顔を作った。

レオナードと名乗った男もにこりと笑い返すと、片手をあげ、部屋の奥にあるドアを示した。

「支配人より、侍女の方にもおもてなしを、と言いつかっております。あちらでコーヒーでもお飲みになりませんか」

見れば、マデレーネとアランにもグラスが渡されていた。あちらは酒なのだろう。主人夫妻と同じ部屋で休憩するわけにはいかないが、控え室でコーヒーなら、ということだ。

（いやいやいや‼　奥様と離れるなんて怖すぎますだ‼）

内心の恐慌を押し隠し、ユーリアは優雅な笑みを浮かべた。マデレーネの真似をしたくて鏡の前で練習していた笑顔がこんなときに役に立つとは。

「ありがとうございます。ですが、このすばらしい室内を眺めていたく思いますので」

「……さようでございますか」

申し訳なさそうな顔を作り、頭をさげると、レオナードはそれ以上食いさがってはこなかった。

ユーリアはほっと肩の力を抜く。

ちなみにこの対応もスウェイによって指示されたものである。

「困った提案をされたときは、まず礼を言い、それから相手を褒めてはぐらかせ」と。

(スウェイさんは本当になんでも知っていなさる……)

それに、この光景を眺めていたいのもユーリアの本心だ。

(本当にきれいですだ……)

ユーリアはうっとりと心の中で呟いた。

憧れの王都でもいっとう煌びやかな宝飾店の室内は、見ているだけで楽しい。そんな場所に、自分の敬愛する主人夫妻がいるなんて、見逃したらもったいない。

ふたりは何事か語りあい、互いに微笑を浮かべた。疲れた顔をして晩餐会から戻ってきたときは肝を冷やしたけれども、きっともう大丈夫だ。

(スウェイさんやベルタさんにも、こんことをお伝えせねばなりませんだ)

目を細めてユーリアはアランとマデレーネを見つめた。

「……」

そんなユーリアに、レオナードは眩《まぶ》しそうな表情になり、静かに立ち去っていった。

長年この店で働く彼からしてみれば、アランは田舎貴族であり、ユーリアはその付き添いの使用人だ。侍女とはいえ、中央貴族たちのように貴族令嬢や富裕層の家の出ではないとわかる。

おのぼりさんのような彼女を、もてなしと称してからかってやりたいという下心もなかったわけではないが――。

(あんなに幸せそうな顔をされては、な)

本人は必死に隠そうとしていたけれども、頬を紅潮させ、唇の端を引き結んだユーリアが慣れない場所に緊張していることは、レオナードにも伝わった。主人夫妻から離れるのが心細いのだろうという本音も。

だがその表情が、部屋を見まわした一瞬でふわりとゆるんだ。

宝石やアクセサリーに対しての憧れや賞賛は、真に心の底から湧きでてきたもの。

もう十数年前、見習いとして店に上がったころには自分にもそんな時期があったものだと、ユーリアの表情は彼の記憶を思い起こさせた。

宝飾品を買いに訪れる貴族たちは、宝石など当然だという顔をしている。店の人間が目を輝かせていたら客に見下されるぞと先輩たちから指摘を受けて、当初の憧れは胸の奥底に隠された。

(でも、そうだった)

宝石の輝きは、その美しさを見た者の目の中にも宿らせる。キラキラと目を輝かせて、ため息をついて見ていたっていいのだ。

自分の仕事は、訪れた誰かの表情を最も輝かせる一品を見つけること。

ひとつずつ、楽しそうに宝石を見てまわるアランとマデレーネの背後へ、レオナードはつき従った。

声がかかればすぐにでも、最良のものをさがしてみせようと決心しながら。

すました表情の下でやる気に満ちた店員《レオナード》の決意を知らず、アランはといえば、そっけなく見える顔つきでマデレーネの話に相槌を打ちつつ、内心では悩みに悩んでいた。

　アランからすれば、指輪といえども己の手に宝石を留まらせておくのはどうにも仰々しく、飾りのないシンプルなものが好ましい。

　だがマデレーネの繊細な指には、煌めく宝石を飾るのが似合うだろう、などとクサいことを考えてもしまうのだ。

　なによりも悩むのは、

（どの宝石がマデレーネの美しさを最も引き立てるのか……？）

　ということだった。

「こちらはロガイア国のエメラルドね。深みのある緑は竜の鱗とも呼ばれるとか。美しいわ」

「そうか。あなたの金の髪に似合いそうだ」

「見て、このサファイアには星の模様が。こういったものはとても希少なのよ」

「そうだな。それに、あなたの目と同じ、美しい青だ」

「こちらの真珠はヴァルデローズで採れたものですって。この色合いはケイネ川のものかしら」

「ああ、控えめで可憐で、あなたを表しているようだな」

　どうしても、気の利かない返答になってしまう——と、アランは自分では思い込んでいる。

（夫人は宝石の目利きをし続けているし、子爵は無表情なのに奥様をベタ褒めしていらっしゃる……！）

　聞こえてきた夫妻の会話にレオナードは心の中で声をあげてしまった。

　先ほどのユーリアのように、マデレーネの表情は宝石の美しさに魅了され、心から観賞を楽しむものだ。なのに言葉の端々に従業員も驚きの鑑定眼をうかがわせる。

それに対して、アランは淡々とマデレーネを褒める返答をし続けているのである。

徐々にマデレーネの頬が染まっていく。

「ベイロン領の翡翠《ひすい》もあるわね」

「ああ。ありすぎて悩むな」

アランは肩をすくめた。

「どれもいいものだ。あなたによく似合う。……すべて買ってしまいたくなる」

「ア、アラン」

気配を感じてレオナードが振り向くと、両手で顔を覆いつつ指の隙間から様子をうかがいみているユーリアと目があった。慌ててユーリアが直立の姿勢に戻る。

（どうやらこのご夫妻の会話は、侍女殿にとっても慣れないものらしい）

レオナードがそう思ったところで、

「さ、先ほどから、その……嬉しいけれど、照れてしまうわ」

ついにマデレーネが、頬を赤らめていた理由を口する。

「……？」

一瞬、なんのことだかわからないといったようにアランは首をかしげかけ、それからハッとして口元を押さえた。

「思ったことが全部口から出ていたか」

「ええ、そのようかと……」

「……！」

アランの顔も、みるみるうちに赤く染まっていく。

（ど、どうしよう。お客様が停止してしまった）

赤くなって見つめあったまま動かなくなったふたりに、レオナードはうろたえた。ユーリアも彼の背後でおろおろとしているのだが、レオナードは気づかない。

不意に、マデレーネがレオナードを振り向いた。

「あの、あなた」

「はい！　レオナード・ジョルジュと申します」

声がかかればすぐにでも、と身構えていたレオナードだったが、このタイミングは想定外だ。

「わたくしたち、ルビーを持っているの。でもこれでは、指輪にするには小さいかしら？」

急いでそばへ寄るレオナードに、マデレーネは小箱を見せた。中には二粒のルビーが入っている。小粒だがカットできないわけではない。それに――、

「このような色合いのルビーは見たことがありません。どこでこれを？」

美しく深い真紅の輝きに、レオナードは目を瞠った。

「友人からいただいたの」

にこりとほほえまれて、それ以上の詮索はしてはいけないのだとレオナードは理解した。高級店の従業員であるだけに彼も心得ている。

もう一度ルビーを眺め、レオナードは考えた。

今日のオーダーは結婚指輪だと聞いている。たしかにこのサイズなら、主となる宝石を別に選び、ルビーは飾りとして添えるのが普通だろう。

「そうですね、ほかの宝石とあわせるのもよろしいと思います。もしくは、ルビーを引き立たせるなら金細工の指輪にしてもいいかもしれません」

「金細工？」

たとえば、とレオナードはいくつかの指輪を見せた。花や動物をモチーフにした金細工のワンポイントとして小粒の宝石を使うのだ。

「マリジスには工房もございます。お客様の思うデザインでお作りできますよ」

「それはすばらしいわ――」

そのとき、弾むマデレーネの声に重なるように、カツン、とヒールの音が響いた。廊下を通りかかった令嬢が足を止めたのだ。

「――マデレーネ様」

思わずこぼれたというような声に、皆が顔をあげる。

レオナードよりも早く反応したのはマデレーネだった。即座に立ちあがると、深々と頭をさげる。晩餐会でと同じ、子爵夫人としての対応だ。

「ごきげんよう、カトリーナ様」

「これはこれは、カトリーナお嬢様」

レオナードが慌てて頭をさげる隣で、アランも席を立ち、頭をさげる。

驚いた顔でマデレーネを見つめていたのは、カトリーナ・フォルシウス公爵令嬢だ。カトリーナははっとした表情になると、口元を押さえた。

つき従っていた従業員たちもどうしたのかと不思議そうな視線を向けている。

「なんでもありません」

カトリーナはマデレーネの礼には応えず、視線を逸らすとそのまま歩み去った。お気に入りの店でアクセサリーを買ったにしては、その表情は硬い。

（わたくしのせいかしら……）

先日の晩餐会で、イエルハルトとともに婚約の発表をしたカトリーナは、入れ替わり立ち代わり祝いの言葉を述べに訪れる貴族たちをそつなくあしらっていた。

そんなカトリーナが感情をあらわにしたのは、思いがけない場所でマデレーネに出会ってしまったから。

「今日は、ほかのことは考えない約束です」

誰もいなくなった廊下へ気遣わしげな視線を向けるマデレーネの耳元で、アランがひそりと囁いた。振り向けば、咎めるような、拗《す》ねた表情のアランが目を伏せる。

「急がなければ、食事の時刻にまにあわない」

窓から差し込む日はまだ高い。リュフが見つけたのだというレストランへ向かうのは夜だから、急ぐ必要などないのだけれど。

「ええ、ごめんなさい」

アランの手をとり、自分の指を重ねながら、この指に似合うのはどのような指輪だろうかとマデレーネはほほえんだ。

◆

アランとマデレーネと――なぜか泥酔したユーリアがノシュタット邸に戻ったのは、夜も更けてからのことだった。

「ど、どうしたので……?」

顔を赤くしてぐでんぐでんになっているユーリアを担いでやりながら、リュフが尋ねる。

「ワインを飲ませてしまったのよ……」

マデレーネが申し訳なさそうに肩を落とした。隣ではアランもなんとも言えない顔をしている。

「村ではいつも飲んでいたから大丈夫だって言われて」

その言葉で、料理人であるリュフはすべてを悟った。

「村で作ってる酒はそりゃ純度が低いんです。王都のレストランで出すワインとは比べ物にならない」

「そうよね。わたくしも、今考えればわかるのだけれど……」

「つい浮かれてしまった」

反省する主人夫妻に、リュフは顔をあげた。

「ワインを注文したのは、旦那様と奥様なんですか？」

飲ませてしまったと言うが、もちろんアランとマデレーネが無理に飲ませるわけがない。ユーリアが興味を示したので、少し注いでやったというのが真実だろう。

だが、そもそもなぜワインがテーブルにあったのか。

贅沢をしないアランは、領地でも酒の類をほとんど飲まなかった。例外は晩餐会だ。あの夜だけはサン＝シュトランド城に多くの酒があった。リュフもヨハンとこっそり晩酌をした。

ただしそれ以外では、アランは王都から酒をとりよせて夜な夜な楽しむ……などという人物ではもちろんない。

そんなアランが、そしてマデレーネが、浮かれてワインを注文し、うっかりユーリアにまで飲ませてしまったというのだ。

あらためて見れば、気まずそうにしているふたりの頬は、わずかに染まっていて。

年甲斐もなく、リュフも照れてしまった。

「楽しくすごされたようでなによりです」

「――そうですだっ！」

頬をかきつつ言えば、肩を貸していたユーリアががばっと顔をあげた。

「今日は最高の一日でしただ！　宝石もきれーだったし、旦那様と奥様もらぶらぶで、えへへ、ご飯もうめえし、おら、酒はつえーんですだ……」

「なるほど、らぶらぶだったんですね」

「天国かと思うくれえらぶらぶでした～……スウェイさんに、手紙……」

一日の出来事を語りながら、ユーリアはふたたびリュフの肩につっぷしていく。

「おら、本当に幸せですだ……」

肩からくぐもった声が聞こえてきて、リュフは仕方ないなと笑い、赤面してしまった主人夫妻に向きあった。

「この酔っぱらいはおれが面倒を見ますので、旦那様と奥様はお休みください。ロブを呼びましょうか？」

「いや……いい」

「ありがとう。おやすみなさい、リュフ」

マデレーネの手をとり、アランは寝室へ向かう。

「……今日は本当に楽しかったわ」

「ええ」

「よい思い出になるわね」

気のせいだろうか、階段をあがってゆくふたりの様子がいつもと違う気がして、リュフは首をかしげる。マデレーネは未来を語るが、今日をすぐに思い出としてしまうような人ではない。

そんなリュフの直感は、間違っていなかった。

第五章 ◇ 王宮へ

ノシュタット家の紋章を掲げた馬車に乗り、マデレーネは王宮へと向かった。開いた窓からは心地よい風が流れ込み、軽やかに金の髪を揺らす。

王都の街並みの中に徐々に姿を現す王宮を、マデレーネは感慨深い気持ちで見つめた。

今朝、王宮へ行くと告げたとき、一番驚いたのはユーリアで、楽しかった一日はそういうことだったのだと気づいて捨てられた仔犬のような目をしていた。

（戻ったら、ユーリアに謝らないといけないわね……）

まだ王宮についてもいないのにそんなことを考えている自分に、マデレーネは苦笑する。

馬車に乗る直前、アランはマデレーネの左手をとり、ふたたび薬指にキスを落とした。

「――ひと月後には、指輪ができる」

アランの唇が触れた場所をなぞり、頬を染めてマデレーネは笑う。

（ええ、ふたりでマリジスへ行きましょうね、アラン）

王女として王宮へ戻ろうとするマデレーネに、同時にあなたは自分の妻であると、アランは告げたのだった。

急な輿入れを命じられ、持つものも持たず追いだされるように王宮を出たのは八か月前。

あのときはただ言われるがままにアランのもとへと嫁いだ。けれども、今のマデレーネには失いたくないものがある。まだ希望は捨てたくない。

（イエルハルト様と直接お話をすれば、きっと……）

ノシュタット家で、マデレーネには夢ができた。

母エリンディラは国の繁栄と幸福を願った。マデレーネにはそんな大それた夢は持てそうにない。けれども、目に見える人々に寄り添い、皆が笑顔で暮らしてくれたらと思う。

そしてその中にはもちろん、イエルハルトもカイルも含まれている。

◆

人の気配に国王ゲラルト・メルヴィは目を開けた。

かすんだ視界に美しい金の影が映る。それが愛娘の結った髪だと気づき、ゲラルトはほほえみを口元にのせた。

「起こしてしまいましたか」

「いや……近ごろは毎日この時間に目覚めるのだ」

身体を起こした父の顔に以前よりも血色が戻っていることを知り、マデレーネはほっと安堵の息をついた。

カイルから、容体は回復傾向にあるとは聞いていた。何日も眠り続けていたときもあったのだから、目覚めのリズムができてきたというのはよろこばしいことだ。

「戻ってきたのだな」

「はい。しばらく王宮ですごさせていただこうと思います」

「向こうでは幸せに暮らしているか？」

「はい」

頷くマデレーネにゲラルトは目を細めた。

簡潔な答えだが、空気が和らいだのがわかる。

「イエルハルトを止めることができなくてすまなかったな……」

「いいえ、わたくしにも悪いところがありました」

病床の父に要らぬ心配をかけたくないからと、王宮での仕打ちを言わぬよう、カイルを口止めしていたのはマデレーネだ。

だが、イエルハルトがなんの相談もなくマデレーネを嫁がせてしまったことで、ゲラルトにも自分が臥せているあいだになにがあったのかは察せられた。

「イエルハルト様が苦しんでいらっしゃるとき、わたくしはなにもしませんでした」

マデレーネはマデレーネなりに、自分の苦しみを耐えていた。ぼろのようなドレスをまとい、与えられない食事に腹を鳴らし、向けられる蔑みの視線を避けようと部屋に閉じこもっていた。

けれどそのあいだイエルハルトは、臥したゲラルトに代わって政務をこなしていたのだ。

そのことに思い至ったのは、ノシュタット領で家政に関わるようになってからだった。

アランが様々な苦渋に耐えて領地を守っていたように、イエルハルトにも苦境があったはずだ。

マデレーネはそのことを知らない。

マデレーネの瞳には、イエルハルトはいつも何不自由ない生活をしているように見えたし、自分自身に向けられた苛立ちの理由はわからなかった。

（でも、そんなはずはなかったのだわ）

マデレーネには、カイルがいた。イエルハルトのそばには、誰かがいたのだろうか。

「これはわしの失政じゃ。誰に詫びても足りぬ」

衰えのためだけでなく、ゲラルトの眉根には深い溝が刻まれていた。目覚めるたびにこうして自分を責めているのだろう。

「お父様……」

「だが、皆がかわいい子どもたちだ……すまないが、イエルハルトを頼む……」

弱々しく目を伏せ、ゲラルトは記憶を呼び起こした。イエルハルトだけではない、カイルも。

マデレーネは幸せそうだと告げにきたあの日、カイルは笑顔だったけれども、思いつめた表情を隠すことができていなかった。

本当はなにか縋《すが》りたいことがあったのだろうと思う。

「わしは自分が情けない」

枯れかけた目に涙が滲むのを、マデレーネは見ないふりをした。手を握り、安心させるようにほほえむ。

「大丈夫です。今のわたくしなら、なにかお力になれるでしょう。もうお身体に障りますわ。まずはご回復を」

「ああ――マデレーネ」

身を横たえたゲラルトは小さく息をつき、娘を見上げてほほえんだ。

「結婚おめでとう。アラン・ノシュタットとお前に祝福が訪れますように。……遅くなってすまなかった」

その言葉は、夫婦の誓いを立てた貴族に対し、国王からかけられる祝福だった。

本来ならば、王家に婚姻誓約書を提出した花婿と花嫁は、王宮へ参上し、国王との謁見であらためて結婚の許可と祝福を受ける。

ゲラルトは目を細めた。マデレーネの頬は紅潮し、目元はゆるんでいる。

突然の祝いに、照れてはにかむ娘の姿がそこにはあった。

「ありがとうございます、お父様」

頷いた国王は目を閉じる。

扉の閉まる音が響かぬよう気を遣いながら、マデレーネは廊下に出た。

廊下には見知らぬ男が立っていた。服装と物腰から、彼はイエルハルトの侍従なのだろう。

その推測を肯定するかのように、男は深々と頭をさげ、

「イエルハルト殿下がお呼びです」

そう告げた。


マデレーネが通されたのは王宮にある応接のための一間だった。マデレーネが暮らしていたと

きから調度は改められ、いま流行しているのだという南方風の明るい室内になっていた。

「お久しぶりです、イエルハルト様」

優雅に膝を折るマデレーネを、イエルハルトはソファに沈んだまま見つめた。

フォルシウス公爵家の晩餐会では、面と向かって話をすることはできなかった。

間近で見たイエルハルトはおもやつれして、

（カイルお兄様のようだわ）

そう思ってマデレーネの心は痛む。こんなに近しいのに、ふたりは真逆を向いている。

片膝を床につき、腰かけるイエルハルトよりもさらに姿勢を低くして、マデレーネは深々と頭をさげた。

「これまでの至らぬ点をお許しください。イエルハルト様が国のために尽力されているあいだ、わたくしは王族としての務めを果たしておりませんでした」

イエルハルトは答えなかった。頬杖をついたままじっとマデレーネを見つめ、やがて立ちあがるとソファと揃いのテーブルに置かれた一通の書類を指さした。

「ノシュタット子爵と離縁しろ、マデレーネ」

頭をさげたままのマデレーネに、感情をなくしたかのような声でイエルハルトは命じる。

「お前の借金は消えてなくなった。次はもっと高く売れる」

マデレーネは顔をあげた。

暗青色の瞳は何者をも映さぬように昏《くら》く澱んでいて、底が見えない。

以前のマデレーネなら、笑顔を作って頷いたことだろう。反論することもなく、マデレーネはひたすらに己に与えられる仕打ちに耐えた。それが自分にできるすべてだと思っていたのだ。

けれどもそれは違った。

「いいえ」

立ちあがり、マデレーネはまっすぐにイエルハルトを見つめた。

「離縁はできません。わたくしの夫はアランです」

「……予想どおりのつまらん答えだ」

肩をすくめ、イエルハルトはテーブルの書類をとりあげる。

それは、アランとマデレーネの婚姻誓約書だ。

どくり、と心臓が厭《いや》な音を立て、マデレーネは胸を押さえた。

国王の名のもとに祝福された婚姻は、誰にも覆すことのできない神聖なものとなる——だが。

——アラン・ノシュタット子爵と結婚しろ、マデレーネ。

そう言ってイエルハルトが掲げて見せたとき、誓約書にはすでに覚えのない署名があった。

マデレーネの意思を確認することもなく調えられた婚姻に、あのときは反論する気力もなかった。だから、署名はそのままだ。

「思いだしたか？」

イエルハルトの声はどこまでも冷たい。

止める間もなく、紙の裂ける音が部屋に響いた。

呆然と見つめるマデレーネの眼前を真っ二つになった誓約書が舞い、床に落ちる。

「お前自身が署名をしていない以上、お前とノシュタットの婚姻は無効だ」

「……はじめから、このつもりで……？」

「素直に離縁だと言えば、婚姻の事実だけは残してやろうと思ったものを」

様々な感情が喉に絡まって、わななく唇からはひきつれたような声しか出ない。

「お前にもそんな顔ができたんだな」

青ざめたマデレーネを皮肉げに笑い、イエルハルトは背を向けた。

「人間らしくなったじゃないか。何不自由のない暮らしはよかっただろう？」

「お待ちください、イエルハルト様」

部屋を出ようとするイエルハルトに、マデレーネは必死に呼びかけた。本当は縋りついてでも止めたいのに、震える足は言うことを聞いてくれない。

「わたくしは、イエルハルト様のお力になりたいのです」

イエルハルトの歩みが止まる。

「――今さら」

振り向いたイエルハルトの視線に、マデレーネは息を呑んだ。そこには、今までにはなかった怒りが燃えていた。

「腹がふくれて、他人の心配ができるようになったか。だがもうすべては手遅れだ」

「イエルハルト様……」

「俺の役に立ちたいのならここにいろ。次の夫をさがしてやる」

それだけ告げると、今度こそイエルハルトは立ち去った。

荒々しい足音が遠ざかったあと、あたりには物音ひとつしなくなった。静寂の中に、マデレーネはとり残されていた。

（泣いてはいけないわ）

引き結んでしまいそうになる口元をゆるめ、笑顔を作ると、マデレーネは誓約書の紙片を拾いあげた。

そこに書かれたアランの署名に胸が締めつけられる。初めてこの名を見たとき、マデレーネはアランの顔すら知らなかった。

「アラン……！」

指輪を贈りたいと言ってくれた、帰ってきたら受けとりにいこうと、未来の約束をしてくれたアラン。ふたりは少しずつ距離を縮めていたというのに、その関係そのものが、文字どおり白紙に戻ってしまった。

こぼれそうになる涙をこらえ、荒くなる呼吸を細く吐きだして抑えながら、マデレーネは懸命に笑った。

（わたくしがここにきたのは、イエルハルト様のお心を知るため）

その心に少しだけ、触れることができたと思う。

最後にマデレーネに向けられた言葉。あれがイエルハルトの怒りの表れだというのなら、やはりイエルハルトの行動には理由がある。

（わたくしは、わたくしにできることを）

アランのもとに嫁いだとき、自分に言い聞かせた言葉を思い返す。

あのときに比べれば、できることは増えたと思う。ただ言われるがままに流されていたマデレーネは、自ら道を選ぼうとしている。

アランのもとへ帰るためにも、立ち止まってはいられない。

破れた誓約書を手に、マデレーネも部屋をあとにした。

◆

しんと静まり返った王宮の廊下を、マデレーネはひとり歩く。誰もいない廊下には、衣擦れの音が響いてしまいそうなほどだ。

（……変だわ）

マデレーネは足を止めて廊下を振り返った。

父ゲラルトの居室には侍従たちがいた。扉の前には見張りの兵士もいた。今、王宮の大廊下を渡り自室へ帰ろうというのに、それ以外の者に会わないのだ。

アランのもとへ嫁ぐ前には、王宮はもっと華やかだった。

ノシュタット家で贅沢をしなければならないと考えたマデレーネが思いだしたのは、イエルハルトの散財だった。新しいものを買い、飽きたら売り払い、盛大な晩餐会を開いて。

たくさんの貴族、商人、彼らに応対するための使用人など、王宮には人があふれていた。

それが、今は、マデレーネの知る者は誰もいないのだ。つらくあたっていた侍女たちも、見て見ぬふりをしていたほかのたくさんの使用人たちも。

ふと、廊下の向こうに人影を認め、マデレーネは足を止めた。

ドレスからして侍女ではない。王宮の中でも王族のプライベートな区画を訪れているということは、マデレーネと同じ、貴賓のはずだ。

なのにやはり、彼女をもてなすための侍女の姿はない。

近づき、相手の顔をはっきりと認めたとき、マデレーネは思わず名を呼んでしまった。

「カトリーナ様……」

「……マデレーネ様」

「ごきげんよう」

すぐに背をのばし礼をすると、カトリーナは悩んだそぶりをしながらも、礼を返してくれた。

形のよい眉はわずかにひそめられ、アーモンド色の瞳は警戒心をあらわにマデレーネを見つめている。宝飾店《マリジス》で見かけたときも思ったように、表情はどこか暗い。

「なんでしょうか……？」

「いえ、失礼いたしました。カトリーナ様はどちらへ？」

マデレーネは笑顔を作る。

「イエルハルト様にご用ですか？」

侍女もなしに広い王宮を歩きまわるのは大変だろうと、他意はなく問うた言葉だった。

瞬間、カトリーナはさっと表情を変えた。握られたこぶしは震え、眉根が寄る。

「カトリーナ様……？」

「あなたに――」

「はい？」

「あなたに見下される理由はありませんわ……！」

マデレーネは息を呑んだ。カトリーナは目に涙を浮かべながらきついまなざしでマデレーネを睨みつける。

　カトリーナが身を翻した。

「お待ちください！」

遠ざかっていくドレスの背に手をのばし、マデレーネは追いかけようとして足を止めた。カトリーナの全身がマデレーネを拒絶していた。

カトリーナの様子が変わったのは、イエルハルトの名を出したせいだ。少なくとも、それまでの彼女は、挨拶を交わす程度の表面上のやりとりはしようとしていた。

「イエルハルト様になにかあるのですか⁉　王宮のこの様子も……わたくしは、なにも知らなかったのです」

マデレーネの言葉に応えるそぶりはなく、カトリーナは廊下の向こうに消えた。

まだ早い鼓動に胸を押さえ、マデレーネは小さなため息をつく。

（カトリーナ様がここにいらっしゃるのには理由があるのだわ）

王宮の有様の原因も、彼女は知っているに違いない。

そして彼女はそのことに苦しんでいる。

◆◇◆

改装工事の進むノシュタット邸では、使用人たちが緊張の面持ちで客人を待っていた。

騒がしくしてはいけないというので、大工たちには臨時の休暇をやって帰らせた。よろこんで街へくりだしていく彼らの背中を、羨ましい、とリュフやユーリアは眺めた。

ロブは落ち着いた顔をしているが、それが表面上のものであることは少なくなった口数からわかる。

物音ひとつさせてはならぬといった様子で、使用人たちは息までひそめて客人を迎え入れた。

石畳を貼り終えたばかりの馬車停めで馬車から降りたのは、カイル・メルヴィ第二王子。

前回は唐突な訪れに動揺したノシュタット家だったが、先触れがあればそのぶんだけ緊張の時間が長くなるのだと使用人たちは学んだ。

玄関まで出てアランはカイルを迎え入れる。

マデレーネが王宮を訪れたのと入れ替わりに、カイルからノシュタット邸を訪問したいという書状が届いたのは、つい昨夜のこと。

宛名がマデレーネではなくアランとなっているところからも、マデレーネの留守を見計らっていたのだとわかる。

（ならば、いい話ではあるまいな）

マデレーネが聞けば反対することなのだろう。

「先日ぶりだね」

柔和な顔に疲労の滲む笑みを貼りつけ、カイルは呟くように言った。

「このたびのご訪問、光栄にございます」

ほほえみを浮かべたアランに言われ、カイルはわずかに瞠目する。まさか歓迎の態度を向けられるとは思っていなかったという表情だった。

アランだって、ただ媚びへつらうために笑みを浮かべているわけではない。

「大切なお話とお見受けしました。どうぞこちらへ」

アランが合図すると使用人たちはそれぞれの持ち場へ引きあげていく。総出で出迎えはするが、その後は待機していなくてよい、というのはアランが事前に命じたことだった。

今日の来客はまだあるのだから。

アラン自ら案内した応接間には、すでに飲み物も軽食も調えられていた。

「単刀直入に申しあげる」

だが、扉を閉めたアランに向き直ると、用意された食事に目もくれず、椅子に腰をおろすこともなく、カイルは言った。

「マデレーネと離縁してほしい」

アランは驚かなかった。予想した中では最も悪いものではあったが、とにもかくにもカイルの言葉は予想どおりと言えたから。

カイルの瞳は真剣な色を帯びている。たしかにマデレーネの面影があると、場違いなことをアランは考えた。

「マデレーネのことは納得いただけたはずでは？」

ダルグレン邸を訪れた際、ハーシェルは計画の見直しを進言すると約束した。

「状況が変わった。ハーシェルを待っていられなくなった」

「理由をお聞きしてもよろしいでしょうか」

激昂するでもなく、じっと自分を見つめるアランに、カイルは視線を逸らす。

アランが笑ったのは、媚びでも、負け惜しみでもなく、友好の印だったということがわかったからだ。裏表のない対話を望む証としてアランは笑ったのだ——なら自分は、それに応えなければならない。

「王宮にいるぼくの手の者からの報告だ。イエルハルトはマデレーネと貴殿の婚姻を解消した」

アランは怪訝な視線を向けた。

「王太子殿下といえども、結ばれた婚姻を解消することは——」

「結ばれていなかったんだ」

当然の疑問を遮り、カイルは重い息を吐く。

「イエルハルトがマデレーネに結婚を命じたとき、ぼくもその場にいたから覚えている。誓約書の署名はマデレーネのものではない。法律上、あの誓約書は無効だ」

アランは言葉を失った。

半ば無理やりに縁談がまとまって、王都のイエルハルトから真新しい婚姻誓約書が送られてきた。アランは自分の署名を記して誓約書を送り返した。当然、妻の欄にはマデレーネが署名をしたのだと思い込んでいた。

マデレーネを帰せと言われることは予想していた。輿入れの当初は、機会をうかがって彼女を離縁し、自由にしようと考えていたのも確かだ。

それでもまさか、この結婚が始めからなかったことになるとは思わなかった。

「理由はわからないが、マデレーネは猶予を与えられている。イエルハルトが婚姻の無効を宣言するより前に貴殿が離縁を申し立ててくれれば、我々が動ける——マデレーネは、ハーシェルと結婚させる」

婚姻が無効だということになれば、マデレーネは無瑕疵《かし》の王女に戻る。

「……イエルハルト殿下は、マデレーネをフォルシウス公爵家に嫁がせるおつもりですか……？」

ハーシェルの忠告がよみがえる。自分は今、青ざめた顔をしているだろうとアランは思った。

カイルは答えない。それでも同じ推測にたどりついたのだろう。そこへ割り込めるとしたら、フォルシウス公爵家に次ぐ勢力を持つダルグレン侯爵家のみ――それがカイルの答えなのだ。

「ハーシェルは、籍さえダルグレン家にあれば、マデレーネがノシュタット領で暮らしてもかまわないと言っている」

「つまり、マデレーネのために、俺に愛人になれとおっしゃるわけだ」

アランが苦笑いを漏らすと、カイルはぐっと奥歯を噛んだ。砕けた物言いも浮かべた笑みも、王子に対するには不遜な態度だ。だがそれだけの怒りを表明する権利が、アランにはある。

おそらくはハーシェルも止めたに違いない。だがカイルが折れないことを知って、譲歩した。

「自分勝手なお願いだとは思う。だが、マデレーネを守るためには、これしかない」

「本当に自分勝手ですね」

イエルハルトからの命を受け、マデレーネはほとんど身ひとつと言っていい格好でノシュタット家へ嫁いできた。そのときそばにいたはずのカイルがどんな行動をとったのかはわからない。逆らうことができなかったのだろうと思う。

「……マデレーネが言っていました。殿下からはとてもよくしていただいたと。庇ってもらったことも何度あるかわからないと」

そのたびにイエルハルトの不興を買い、カイルではなくマデレーネに罰が与えられたから、カイルは徐々にマデレーネとの関わりを断たざるをえなくなった。

今のカイルは、なりふりかまわずマデレーネを守ろうとしている。だが結局、彼自身には権力もよって立つ基盤もない。ハーシェルの庇護下にマデレーネを置く以外の選択肢はなかった。

それは理解できる――だとしても。

「離縁の件は、お断りします。彼女は俺の妻です。マデレーネがいれば断るように言うはずだ」

だからマデレーネのいないときを狙ったのでしょうと、そこまでは口に出せずにアランは言葉を噛み殺した。

「しかし！　ノシュタット家の力だけでは、マデレーネを守りきることはできない‼」

「――ええ、そうです」

イエルハルトが正式に婚姻の無効を告げれば、マデレーネは奪われる。

フォルシウス公爵が中央貴族を束ねて圧力をかければ、ノシュタット領は潰される。

「だが、抵抗することはできます。俺はマデレーネに相応しい人間でありたい。戦う前から諦めることはできません」

階下で馬のいななきが聞こえた。閉めた窓からわずかなざわめきが入ってくる。

「カイル殿下、あなたがしようとしていることは、マデレーネの意思に反した婚姻です」

ひゅっとカイルが息を詰める。

カイル自身も自分の中の矛盾に気づいていたはずだ。

マデレーネを守るためだと見ないふりをして、安全な場所に閉じ込めようとした。

「それは、マデレーネを政略の道具としたイエルハルト殿下と、変わることがないのではありませんか」

「――なら、どうすればいい‼」

怒りに任せたこぶしがテーブルを叩いた。衝撃に茶器が音を立てる。

「ぼくは最初から選択を間違えた。今だってどうすればいいのかわからない！」

カイルの目に浮かぶのは、幼いころの楽しかった日々。それはあっというまに崩れ去り、病に臥せた父は自分の国でなにが起きているかを知らず、ただ同じ願いを繰り返した。

「父上はおっしゃった。きょうだい三人で助けあわねばならないと。……ぼくはその言葉を守れなかった。言葉の真意に気づけなかった」

ただ、諍《いさか》いごとをなくせという意味だけに受けとってしまった。だから、イエルハルトの勘気に触れぬよう、マデレーネをじっと耐えさせてしまった。お父様に心配をかけたくないというマデレーネの言葉に甘え、抱える問題を告げずにきた。

「マデレーネの能力があれば、国を立て直すことができたのかもしれない。……ノシュタット領や北部領の団結を見ているとそう思う。本当は、あれが目指すべき姿だったのだと。だが、もう手遅れだ。そうはならない」

兄弟で争い、イエルハルトを王太子の座から引きずりおろす以外、カイルに道はないのだ。

ふっとカイルの肩から力が抜ける。

アランは目を細めた。

誰にも言ったことのない後悔だったのだろう。幼くして領主となったアランと、同じ年頃で第二王子の立場にいたカイル。どちらがつらいかはわからない。わかったところで、優劣がつくわけでもない。

アランの両親は、愚直な領政を貫き、アランもそれを継いだ。だがノシュタット領が発展したのはあるべきときに金があったからだ。そうでなければ、ただ親譲りの政治を続けたところで、今のノシュタット領はなかった。

「殿下は、国を立て直したいとおっしゃるのですね」

静かなアランの言葉にカイルは頷いた。

「フォルシウスを退け、ハーシェルを貴族の中心に据える。この数年で、フォルシウスから距離をとる貴族は増えてきていた。ハーシェルはよく動いてくれた。公爵のやり方は結局のところ、本当の意味で国を富ませはしない」

「その意見には私も賛成です」

フォルシウスが求めているのは、地位と、それに付随する権力だ。民のための政治など眼中にない彼が実権を握れば、いずれ国は荒廃する。

「――時間がないんだ」

張りつめていたものがゆるんだあとに見せる、力ない視線でカイルはアランを見た。

「王宮から、人がいなくなっている」

「……どういうことでしょうか？」

ぽつりと落とされた呟きをどう理解すればよいのかわからず、アランは眉をひそめた。

「はじめはマデレーネに仕えていた侍女たちだ。次はぼくの従者たち。そこまでならイエルハルトの横暴ですんだ」

「それ以上のことが？」

「イエルハルトは自身の従者すら解雇した。残っているのは数人だ。コックも、メイドも、下働きの者たちまで減らされた。なにかが起ころうとしている」

アランはただ黙ってカイルの語る内情を聞いた。なぜ、という疑問は、すでにカイルがイエルハルトへぶつけたに違いない。

「わからないばかりで、知ろうとすればするほど焦るんだ」

その感情は、アランにも覚えがある。正解の見えぬままのしかかる責任の重さ。

だが、そんなときにこそ、誰かが止めてやらねばならない。

「カイル殿下、まだ手遅れとは決まっておりません」

テーブルに近づき、アランはカイルのための椅子を引いた。

「お茶をいかがですか。椅子をどうぞ」

ふらふらと座り込むカイルの前で、手ずから茶器を扱い給仕する。

会話の時間は、感じていたほどには長くなかったようだ。紅茶はまだ熱を保《も》ち、落とした砂糖は一瞬で崩れて溶けた。

自分がノシュタット邸へ訪れた本当の目的にカイルは気づいた。弱りかけた心を、叱咤してほしかった——アランに、マデレーネとの絆は切れないのだと、言ってほしかった。それはハーシェルにはできないことだから。

カイルは喉を潤すと、ほっと息をついた。

「君を見ていると、マデレーネを思いだすよ。君たちはよく似ている」

「それは光栄です」

　けれど、似ているなんてことはないのだろうとアランは思う。マデレーネは春のそよ風のようにやさしく、人の心を吹き抜けていく。アランにマデレーネの面影があるというのなら、それは風の残り香なのだ。

「胸につかえていたものを吐きだしてしまったら、気持ちがずっと楽になった……ありがとう」

　言うなり、カイルは背すじをのばし、額がテーブルにつくほど頭をさげた。

「殿下、そのようなことは」

「無礼な真似をしてすまなかった。心から詫びる」

　顔をあげ、正面からアランを見つめるカイルの目には、意思の光が戻っている。

「力を貸してくれるだろうか？」

「ええ、もちろん。——それに、殿下にはまだ味方がおられますよ」

　ぱたぱたと廊下を足音が近づいてきた。

「マデレーネ、いる？　あいたい！」

「しっ、取り次いでもらうまでしゃべっちゃだめなんだぜ」

　応接間のドアがノックされ、まだなにも言わないうちから、元気な子どもたちの声が届いた。

　それから、落ち着いた男の声。

「マデレーネ様はいらっしゃらないよ。今は王宮にいる」

聞き覚えのある声にカイルが顔をあげたところで、ドアが開き、ユーリアが緊張に引きつった顔を覗かせた。

「お客様をお通ししましただ」

「ハーシェル……どうしてここに？」

そこには、ダルグレン侯爵ハーシェルと、トビアン、レイラが並んでいた。

◆

自室でひとり、カトリーナは左手の薬指に光る指輪を見つめていた。

大粒のダイヤモンドをあしらい、側面の細工も美しいそれは、イエルハルトから贈られた婚約指輪だ。

だが、指輪を受けとりにマリジス宝飾店を訪れたとき、イエルハルトはいなかった。

イエルハルトが隣に並んでくれたのは、先日の晩餐会のときだけ。こうして王宮を訪れようと、短い挨拶だけを交わし、イエルハルトは執務室へ閉じこもってしまう。

（イエルハルト様はわたくしを憎んでいらっしゃるのだわ）

カトリーナだけではない。フォルシウス公爵家のすべてを、きっとイエルハルトは憎んでいる。父親がイエルハルトになにをしたのかを、カトリーナは気づき始めていた。

飢饉の数年後、知らないうちに婚約がまとまっていたとき、イエルハルトは十七で、カトリーナは十四だった。

対面したイエルハルトの美しさにカトリーナは目を奪われた。流れるような金髪に切れ長の目は怜悧な印象を与え、夜へ向かう空に似た瞳は底知れぬ奥深さを感じさせる。

まだ同じ十代のはずの彼は、次期国王としての威風を持って、カトリーナの知る令息たちよりもはるかに大人びて見えた。

「初めまして、イエルハルト様。わたくしを選んでいただき光栄です」

カトリーナは心からそう思った。

その挨拶が的外れだったことを知ったのは、いつだっただろう。

イエルハルトはにこやかに応じてくれたけれども、思い返してみればあれは作り笑いだった。

馬鹿な自分はそんなことにも気づかず舞いあがっていた。

（もっとイエルハルト様にお会いしたい）

そう思いながらも、父親からは婚約のことを口外しないようにきつく言い含められた。

手紙を出しても返事がくることはまれで、自分に興味がないのだと気づくのに時間はかからなかった。

（わたくしが公爵家の令嬢で、宰相の娘だから結婚してくださるのね）

悲しいけれど、貴族社会ではよくあることだとカトリーナは自分を慰めた。むしろ心を寄せることのできる婚約者に出会えたことを幸運と思わなければならない。

年に数回しかない逢瀬で、カトリーナは必死にイエルハルトの気を惹こうとした。王宮で開かれる煌びやかな晩餐会とは裏腹に、イエルハルト自身は流行りのドレスにもお芝居にも興味がないようだった。

彼の瞳に興味が宿るのは、国政の話。地理や、産業や、諸国との交易や、そういった話題。

(王太子殿下ですもの、当然だわ)

父のように王家に貢献しようと、カトリーナは妃教育に励んだ。

けれど、そのうちに、父の政敵であるダルグレン侯爵が勢力を得た。

晩餐会に出ると、これまで媚びへつらってきた貴族たちから厭な目を向けられるようになった。

「ねえ、カトリーナ様。今後はもう少し、お話を控えませんか」

広間に入れば一番に飛んできていたはずの取り巻きの令嬢は、そう言って口元を扇で隠した。

「どうしてそんな意地悪をおっしゃるの？」

「意地悪ではございませんわ。貴族の嗜《たしな》みというものです。……公爵閣下はもうすぐ職を失われるのではないかと……そうなれば、カトリーナ様もお忙しいでしょうから」

「職を……？」

「二度目の宰相職は、飢饉の慌ただしさにつけ込んで、でしょう？」

扇で口元を隠しながら令嬢はちらりと視線を広間の中央に向けた。そこでは、ダルグレン侯爵ハーシェルが、笑顔で周囲の貴族たちに挨拶をしていた。

「ハーシェル様が次の宰相になるのではないかと、もっぱらの噂ですわ。王家の方々も、金で地位を買ったような方よりも、本当に能力のある方を登用したいのではなくて？」

「お父様が……？」

足元が崩れ落ちていくような感覚は、あの視線を思いだすたびに鮮明によみがえる。

自分の父親が能力を認められて宰相の座にのぼったのではないことを、少なくとも周囲の貴族たちがそう考えていたことを、カトリーナはその夜知った。

そしてその座がすでに脅かされようとしていることも。

結局、数年たっても令嬢の言ったことは現実にはならなかった。

きっと父親が手をまわしたのだろうと思う。

ダルグレン侯爵が宰相となることはなく、宰相の座はフォルシウス公爵のまま、そしてイエルハルトとの婚約は変わらずに愛情のないままだった。

今でもすべてはわからない。

ただ、父の周囲では常に莫大な金が動いていた。この婚約も金で買った婚約なのだと、それだけはわかる。

——わたくしは、なにも知らなかったのです。

マデレーネの言葉がよみがえった。

婚約後も表だってイエルハルトに会えなかったカトリーナは、義父となるはずの国王陛下にも、弟殿下にも会うことができなかった。

そしてマデレーネには、騙し打ちのような婚約発表の晩餐会で会うことになってしまった。

自分がイエルハルトとの婚約を明らかにするためには、ほかの誰かを踏みつけにしなければいけなかったのだと、カトリーナは知った。

嘲りの視線の中、青ざめた顔でほほえんでいたマデレーネ。義妹になるはずの、王女だった人。

（マデレーネ様は……わたくしと同じ、なのかしら）

政略の道具として、嫁がされた身なのだろうか。

そう考えかけ、カトリーナは首を振った。

目に浮かぶのは、マリジス宝飾店での邂逅。

カトリーナの指輪は、イエルハルトが選んだものだ。うっすらとピンクがかったダイヤモンドを、希少なピンクゴールドと組み合わせた、甘いデザイン。

憎い相手に贈るものではないはずだ。適当に選んだものではないと、そう思いたくなる。

これがイエルハルトの心なら、もしかしたら――。

そんな淡い期待を胸に店をあとにしようとしたカトリーナは、おずおずと語らう男女の声を耳にした。なにかの予感にとらわれ、視線を向ければ、そこにはマデレーネと、夫のノシュタット子爵がいて。

ふたりはすでに晩餐会での屈辱など忘れ去ったかのように、仲睦まじく頬を染めあっていた。

（――ああ、そうだった。マデレーネ様はわたくしとは違うのだわ）

マデレーネは、幸せを手に入れたのだ。夫に愛され、ふたりで生きてゆく未来を手に入れた。

かたや自分は、父親がなにをしているのか知らないままにぬくぬくと育って、いざ隣に並びたい人ができても、その人には憎まれている。

──あなたに見下される理由はありませんわ……！

マデレーネがそんな人間ではないことは、目を見ればわかった。無自覚に投げつけた言葉は、カトリーナの惨めさを表していた。

カトリーナの瞳ににじわりと涙が浮かぶ。

コンコンコン。

扉の向こうから控えめなノックの音が響き、カトリーナはぴたりと動きを止めた。視線だけがドアを見る。

「カトリーナ様……？」

聞こえてきたのは、マデレーネの声だ。

「カトリーナ様、マデレーネです」

ひそめた声がもう一度届く。もう侍従も侍女も王宮にはほとんどいない。だから人目をはばかる意味もないのに、きっとカトリーナに気を遣って、マデレーネはやさしい声で語りかける。

「なにがあったのか、教えていただけませんか。……わたくし、カトリーナ様は、イエルハルト様の身を案じておられるのではと思って」

カトリーナは答えない。けれど、見開かれた目はまだ扉を凝視している。

「わたくしも、イエルハルト様がお困りなら、助けになりたいと思います。……でもきっともう、わたくしの声も、イエルハルト様には届かなくて。カイルお兄様も……」

濡れた、深い悔恨の滲む声だった。

どうして彼女がそんな声を出すのだろう。マデレーネだってイエルハルトに疎まれている。だから北部に売られて、そして北部で勝手に幸せになって。

「カトリーナ様」

マデレーネの声に力がこもる。一瞬よぎった悲しみを、マデレーネは拭い去ったのだ。酷い目にあったはずなのに、マデレーネはまだ希望を捨てていない。

「イエルハルト様を、信じていただけますか？」

気づけばカトリーナの手は、扉を開けていた。

同時に、我慢していた涙が、あふれだした。

顔を見せるなり泣きだしてしまったカトリーナをソファに座らせると、マデレーネはやさしく肩を撫でた。カトリーナが泣きやむまで黙って隣に座っていた。

さしだされたハンカチはやわらかくて、ほのかに花の香りがした。きっとマデレーネに仕える使用人たちが心を込めて洗い、香りづけを施したのだろう。

「……落ち着かれましたか？」

なにがあったのかと尋ねることもせず、マデレーネはカトリーナの心情を思いやった。年下のマデレーネのほうが自分よりずっと大人びているのは、イエルハルトと同じで、彼女も苦労をしてきたからだ。

　そう思うと途端に自分の温室育ちを責められている気分になる。

「落ち着くわけないでしょう。あなたのせいですわ」

　言えば、マデレーネは困ったように笑う。春風のそよぎのような完璧なほほえみに、イエルハルトの面影が重なる。

「――やめてくださる、その笑い方は」

　口をついて出たのは八つ当たりの言葉だ。なにもわからずにはしゃいでいた昔と違って、たくさんの嘘に晒されたカトリーナには、心を隠そうとする笑顔は見慣れたものになってしまった。父も、婚約者も、友人だと思っていた令嬢たちも、皆がカトリーナに偽りの笑顔を向ける。

「わたくし、作り笑いは嫌いですの」

　どうせこれも困ったように笑って流されるのだろうと思ったのに、マデレーネは表情をこわばらせた。

「えっ」

　すとんと落ちてしまったようにほほえみが消えて、マデレーネの顔がくしゃりと歪む。

「マ、マデレーネ様？」

　驚きのあまり自分の涙は引っ込んだ。その代わりとでもいうように、マデレーネの青い瞳からひとすじの涙が落ちる。

　カトリーナは自分が握りしめていたハンカチで、慌ててその涙を拭った。

「……以前に、同じことを言われました」

マデレーネの視線が記憶を呼び起こすように遠いものになる。

「カトリーナ様、わたくし、心から笑っておりませんでしたね」

それがどうしたというのだろう。そんなのは貴族なら当たり前のことだ。ただカトリーナの虫の居所が悪かったから、ひどい言葉をぶつけた。

「ありがとうございます、カトリーナ様」

カトリーナと違ってたったひと粒の涙で心を落ち着けたらしいマデレーネは、今度はにっこりと笑った。ほんものの笑顔だった。

「ここにいるあいだは、笑っていなければいけない気がしてしまったんです」

それは長年の呪縛だったのだとマデレーネは思う。人のいない王宮は、高い天井も彫刻の施された柱も、重たくのしかかるような空気を孕《はら》んでいて、心までふさぎ込んでしまいそうで。

幼いころに戻った心が、泣いてはいけない、笑顔でいなければと、知らず自分に言い聞かせていた。カトリーナに指摘されて、自分の表情に作りものの笑顔が戻っていたことにマデレーネは気づいた。

ほっと息をつくマデレーネを、カトリーナは遠慮がちに見つめる。

「マデレーネ様……あなたも、イエルハルト様と同じものを抱えていらっしゃるのですか？」

「同じものかは、わかりません。……いいえ、きっと違うものです」

マデレーネは悲しげに目を伏せた。

「でも、それを知りたいと思うのです」

もう一度カトリーナを見たマデレーネの瞳は、まっすぐなものだった。

「ここでなにがあったのか、教えていただけますか？　カトリーナ様」

「わたくしにも、すべてはわかりません」

その問いに答えられたらどんなにいいだろうとカトリーナは首を振る。

「ひとつだけわかっているのは、父がイェルハルト様への援助を打ち切ったということです」

「フォルシウス公爵は、お母様だけでなく、イエルハルト様にも援助をされていたのですか？」

マデレーネの脳裏に、イエルハルトの姿がよみがえる。

新しいものを次々と買い入れては、気に入らないという理由で売り払ったり、下げ渡したりしていた。異国の食材や値の張る香辛料をふんだんに使った晩餐会にたくさんの貴族を招待して、王宮に客人を招くことも多かった。

あれは、贅沢だと思っていた。自分と違ってイエルハルトは贅沢が好きだったと、ノシュタット家に嫁いだばかりのマデレーネは思った。

「はい」

カトリーナは頷いた。

「わたくしとの婚約を前提に、援助をしていたと聞きました。ひとり娘を嫁がせるのだから、貧乏な王家だと貴族たちに嘗《な》められていては困ると言って……けれど、先日わたくしたちは婚約を発表しました」

その途端に、フォルシウス公爵は援助を打ち切ったのだという。

イエルハルトは、最低限の者だけを残して侍従たちを解雇してしまった。

「今の王宮では、お客様をお迎えすることも、晩餐会を開くことも、できないのですね……？」

「そうです」

それが王族としてどれほどに致命的なことなのか、イエルハルトはわかっているはずだ。

カトリーナは握ったこぶしを震わせた。ふたたびあふれる涙を止めることもできず、唇を噛む。

「きっと、悪いのは公爵家《わたくしたち》なのでしょう？　イエルハルト様は、国を守るために仕方なくわたくしと婚約されたのでしょう？」

返す言葉は見つからなかった。肯定も否定も、なにも知らない今のマデレーネにはできない。

マデレーネにできるのは——。

◆

わあわあと周囲を走りまわるレイラに、カイルは落ち着かない表情を浮かべていた。いまだにうちとけることができず、見向きもされないアランは、その様子を眺めるしかできない。

ハーシェルだけは戸惑いを見せず、銀の髪を引くレイラをやんわりといなしている。

ポトリダと交易を結びたいハーシェルは、レイラの家族を屋敷に滞在させていた。だから丁重に扱うのはわかるのだが、レイラはハーシェルに対してあまりにも気安い——レイラがポトリダの長の愛孫であることを知らないアランは、子どもの無知に慄いてもいた。

「普段接していないものだから、どうすればいいかわからないでしょう」

涼しげな表情でいたわるハーシェルにまた実力の差を見せつけられたような気がして、アランは腕を組む。

カイルから訪問の先触れを受けたあと、アランはハーシェルの屋敷に人をやり、そのことを伝えた。カイルがなにを言うにせよ、三家で話しあう機会を持ったほうがいいと思ったからだ。そこにトビアンと、帰郷したはずのレイラがくっついてきたのは想定外だった。

「ええと、トビアン、レイラ」

静観を決め込むアランに対して、カイルはなんとか親睦を図ろうと決めたらしい。硬くなる表情をつとめてゆるめ、笑顔を作ると、子どもたちに向きあった。

「ぼくはカイルだ。よろしくね」

「よろしくお願いします」

「うん！」

元気いっぱいに応えたレイラは、期待に満ちた目でカイルをじいっと見つめる。

「あそぶ？　なにしてあそべる？」

「あ、えーと……歌、とか？　手遊びなら、少しは」

「わたしたちは大事なお話がある。あとでにしておくれ」

懸命に考えようとするカイルとレイラのあいだにハーシェルが割って入る。レイラは素直に「わかった」と頷くとトビアンのもとへ走っていった。

その後ろ姿を眺め、カイルは肩を落とす。

次兄だというのに、あの年ごろのマデレーネと遊んでやった記憶は少ない。自然な態度をとることができない自分が恨めしかった。

カイルの落ち込みに気づかないふりをして、ハーシェルは懐から布包みをとりだした。くるまれているのは例のスプーンだ。

「二日前、アラン殿からこのスプーンを受けとりました」

それはアランたちが見たときのように銀ではなく、金の輝きを持っていた。

「わが国では見慣れぬ紋章ですが、これはケントの金を示す刻印です」

どの国でも、貴金属の扱いは慎重だ。混ぜ物や不正がないように工房は管理され、その証明である刻印が押される。

にゅっとレイラの頭がハーシェルの脇から突きだしてきた。

「ポトリダ、ルビーはとる。きんはかう。レイラもこのもよう、みたことある」

止めようとするトビアンを気にせず、レイラはまたハーシェルの髪で遊び始める。

「ええ、レイラのおかげでこの刻印の調べがつきました。銀は上辺だけで、中身は金です。スプーンの形に加工して、銀食器として扱っていた」

だからレイラがここにいるのだ。

「――密輸か」

スプーンを睨むカイルの、低い声が落ちる。

「なにかしているとは思ったが……」

ぐしゃりと前髪をかき乱し、カイルはうなった。

エリンディラ王妃に多額の金を貸しつけたのはフォルシウス公爵だ。だが国内全体が飢饉で喘いでいた時代になぜそんなことができたのかは、疑問のままだった。ノシュタット領ですら今のように財を成したのは飢饉が終わってからだ。

（ぼくがもっと早く動いていれば）

一瞬よぎった後悔を、カイルは首を振って振り払った。感傷に流される時間はすでに終わっているはずだ。

ハーシェル、と名を呼べば、侯爵は胸に手を当てて忠誠を示す姿勢をとる。

「取引は北の支店で行われているようです。部下にさぐらせています」

「ケントのもの、まだあった。マデレーネといったとき、みつけた」

「このトビアン少年は、その支店で働いていたのです」

カイルとハーシェルの視線がトビアンにそそがれる。

聞き耳を立てていたトビアンは、「ひえっ」と声をあげて首をすくめた。

そう言われてみれば、あれほどぼろい外観なのも、やってくる客の態度が悪いのも、陳列された品物がほとんど変わらないのも、身寄りのない自分があの店に置かれているのも、納得がいく気がしてきた。

「おっ、おれはなにも知らなくて……」

「心配しなくていい。君はダルグレン家で預かる。レイラがどうしてもって聞かないからね」

「トビアン、まもらないと、おこる。とりひきなし！」

レイラはトビアンの手を握り、台詞とは裏腹に満面の笑顔を見せた。一生懸命にハーシェルを説得してくれたという意味なのだろうとトビアンは受けとった。

今朝も、部屋を出て店へ向かおうとしていたトビアンの前にレイラが現れて、いつヴァルデローズに戻ってきたのかと驚く暇もなく「きて‼」と手をとって走りだした。「仕事に行かなくちゃ」と何度も訴えるトビアンにレイラも泣きだしそうになりながら「しごとだめ‼　きて‼」と叫ぶから、エーゲストに殴られる覚悟を決めてついてきたのだ。

結果的に、エーゲストに殴られるよりも大事になった。

「まあ、どちらにせよ君は重要な証人だ。扱った品物や訪れた客など、知っていることは洗いざらい吐いてもらう」

穏やかに笑うハーシェルは、もしかしたらエーゲストよりも怖いかもしれない。

「大丈夫だよ。君が罪に問われることはない」

青ざめるトビアンの頭を、カイルの手が撫でた。まさか王子から直々にいたわりの言葉をかけてもらえるとは思わず、トビアンはぽかんと口を開ける。

カイルは表情を引きしめてハーシェルに向きあった。

「なんとしてでも公爵本人が関与していた証拠を手に入れてくれ。公爵を逮捕できれば、フォルシウス家を失脚させることができる」

「御意に」

琥珀色の瞳が鋭く光り、視線はすぐに伏せられた。

トビアンとレイラを連れて、ハーシェルは屋敷へ戻っていった。カイルとアランはその馬車を見送り、どちらからともなく夜空を見上げた。ダルグレン邸で眺めた星のように、夜空はこぼれ落ちてきそうな星々であふれている。

「もう夜も遅い。泊まっていかれますか」

「そうしよう」

ハーシェルを先に帰したのはそういうことだろうとアランは察していた。

「あのスプーンに気づいたのは、マデレーネなのです。カイル殿下」

カイルが頷く。マデレーネが嫁ぐまで、彼女の能力をカイルは知らなかった。ノシュタット家や北部貴族だけでなく、いつのまにかハーシェルやポトリダまで味方につけている。

「もっとマデレーネの話を聞かせてくれないか。ぼくの知らなかったマデレーネを、君は知っているだろう」

星座のあいだに記憶をさがすように、カイルはほろ苦い笑みを浮かべた。

「どうやらぼくはずっと、マデレーネを守ろうとしすぎていたらしい」

「そうかもしれません」

懺悔《ざんげ》にも聞こえるその言葉を、アランは否定しなかった。

◆◇◆

薄暗い、王宮のキッチンの一角。

ほとんど手のつけられていない料理を前に、ディル・キッシュは苛立ちを覚えていた。

メインは、グーネ牛の希少部位を塩とハーブで熟成させ、じっくりと焼きあげた一品。前菜のマリネも、テリーヌも、サラダやスープに至るまで、手は抜いていない。

高級な食材をふんだんに使い、それでも完食を望んではいけない。

相手は国の頂点に位置する王家の方々。

口に運んでいただけるだけでもありがたいと思え、とディルの前に料理長であった男は言った。

だが今や料理長の座はディルに譲られ、男はもういない。突然の人事を告げられたのはほんの数日前。

「黙っていてすまなかった。おれは故郷に伝手がある。今度からはお前が料理長だ」

驚きに目を丸くするディルに料理長はそう告げて、シェフ帽を託すとさっさと荷物をまとめて去ってしまった。

王宮内の人員が減っているのは、作る食事の量で察していた。だが、まさかキッチンにまでその波がくるとは思っていなかった。

人員整理の話を受けた料理長が率先して離職を望み、ディルら中堅が沈みかけた泥船に残されたのは誰が見ても明らかだった。

（こうなることがわかっていたのか？）

ヨハンの顔を思い浮かべ、ディルは舌打ちをした。

――テーブルにつく人の幸せを考えたことがあるか？

北部の僻地でなにがあったかわからないがそんな気障《きざ》ったらしい台詞を口にして、自分と同じ年頃で、自分と同じように家族を抱えているはずのヨハンは王宮を去ってしまった。

ダルグレン侯爵家に雇われたと聞き、それなら王宮よりも給金はさがるじゃないかと腹の中で笑ったのが数か月前のこと。

食事には、よい食材とよい料理人が必要だ。

人を幸せにするには金がかかる。

その金が、王家からは尽きてしまったようだ。使用人が減ったあとは、貴族も寄りつかなくなった。なにより、貴族たちを迎え入れるだけの余力がもう王家には残されていなかった。

竈《かまど》には埃がかぶり、忙しく立ち働いていたメイドたちもいない。

「ディルさん」

声をかけられはっとして振り向くと、若いキッチンメイドが心配そうにディルを見上げていた。

「そのお皿、もういいですか」

「ああ」

頷き、身を引くと、メイドは料理が盛りつけられたままの皿ごと盆を持ちあげた。残った食事は使用人が食べることもあるし、城の外で施しにすることもある。無駄にはならない。

だとしても、自分の料理が主人をよろこばせなかったという事実が消えるわけではない。

「……殿下は、お具合がお悪いのでしょうか。こんなにおいしそうなのに召しあがらないなんて」

見たこともない料理の数々に心を奪われている目で、ぽつりとメイドが呟く。

「さあ……」

「王女殿下と、ご婚約者様は、とてもおいしいって。全部召しあがったのですよ」

無言のディルの顔をもう一度見上げ、メイドはそそくさとキッチンをあとにした。

ディルが料理長として晩餐を用意したのは、王太子であるイエルハルトと、その末妹マデレーネ、イエルハルトの婚約者のカトリーナだ。第二王子カイルはこのところ王宮を留守にすることが多く、なにも言わぬときには作らずでよい、ということになっていた。

（カトリーナ様は、召しあがってくださったのか）

次期王太子妃であるカトリーナが供も連れずに王宮へ飛び込んできてから一週間、これまではカトリーナもほとんど食事に手をつけていなかった。

なにかあったのだろうかと考えれば、変化の理由はマデレーネしかいない。

里帰りしたマデレーネになにを出せばよいのか、ディルは悩んだ。

彼女がノシュタット家に嫁ぐまで、イエルハルトの命令でマデレーネには食事らしい食事が与えられなかった。

王宮へ戻ったマデレーネについて、イエルハルトからはなんの指示もなく、それが以前と同じように という意図なのか、真逆の意図なのかはわからなかった。

迷った末に、ディルは、イエルハルトやカトリーナと同じ料理を出した。

理由は単純だった。

マデレーネなら、ディルの料理を残さず食べてくれるだろうと思ったからだ。

そしてその予想は当たった。

「こんにちは、シェフ」

背後から投げかけられた声に、ディルは驚いて振り向いた。

メイドの去ったあと、誰かが入ってくるとは思っていなかった。しかもその声の主は、たった今考えていたにもかかわらず、思いもよらない人物で。

「マデレーネ様……どうされたのですか」

金髪を揺らし、穏やかにほほえむのはマデレーネだ。その後ろにはカトリーナまでいる。

王女と未来の妃がふたりでキッチンへやってくるなど、ありえないことだ。

「今日の食事はどれもおいしかったわ。ありがとう」

「もったいないお言葉です」

反射的に頭をさげて感謝を表してから、ディルは身体をこわばらせた。自分が無意識に王族への礼をとっていることに気づいたからだ。

ディルは、マデレーネを虐げていた者のひとりなのだ。今お褒めにあずかった料理だって、作るかどうかを悩んだ。自分に、マデレーネからの賞賛を受けとる資格はない。

（おれは……なにをしていたんだ？）

当時のマデレーネが食堂でどんな扱いを受けているのかを、キッチンにいたディルは見ていなかった。ただ、その日マデレーネがどんな侮辱を受けたのかを侍女たちが面白おかしく語るから、一緒になって笑っていただけだ。

それだけなのに、自分はマデレーネの肩を持ったヨハンを嘲笑い、ばかなやつだと信じていた。こっそりとマデレーネに食事を作ってやっていたヨハンの行為を、王太子殿下に密告したのはディルだった。

「そんなにかしこまらないで。顔をあげてちょうだい」

頭をさげたまま動こうとしないディルにマデレーネはやさしく声をかける。

おそるおそる顔をあげてうかがい見たマデレーネは、上質なドレスに身を包み、輝くような美しさを放っていた。

（——この方をおれは、虐げられて当然だと嘲笑っていたのか？）

「ここへきたのは、あなたに聞きたいことがあるからなの」

青ざめるディルに、マデレーネはほほえみを崩さない。

（おれのことなんて忘れているのか……いや）

そうではなく、マデレーネはすでにあのときのことを許しているのだと、ディルは悟った。

「イエルハルト様が、食事をとっていらっしゃるかどうか、確かめたいの」

マデレーネの瞳は真剣だ。カトリーナのほうは、必死とさえいえる面持ちでディルを見つめている。

ディルの脳裏にこれまでのことがよみがえった。

長年、いかに自分の立場を確保するかということだけを考えて、ディルは生きてきた。王太子イエルハルトに逆らわず、理不尽ともいえる命令にも粛々と従った。ほかの者たちもそうだ。とくに飢饉後の最も困窮したころ、王宮の財政も悪化はしたけれど、それでもまだ市井に比べれば息がつけるだけの給金があった。王宮を追い出されるわけにはいかなかった。だから幼いマデレーネを悪者にして――。

そうやって暮らしてきた結果がこれなのだ。

誰かを案じる言葉を聞いたのは、誰かを真に思う瞳を見たのは、いったい何年ぶりだろう。

◆

揃って執務室を訪れたマデレーネとカトリーナに、イエルハルトは感情のない視線を向けた。

震えそうになる両手を胸の前で握りしめ、カトリーナは暗青色の瞳を見つめる。

「ごきげんよう、イエルハルト様」

「ごきげんよう」

「……なんだ、それは」

挨拶を返すこともなく、マデレーネの手にあるものを見たイエルハルトは眉根を寄せる。

両手で支えた盆の上には、小さな器がのっており、そこから香ばしい湯気がただよっている。

マデレーネはにこりと笑った。

「チキンスープです」

イエルハルトは忌々しげにマデレーネを睨みつけた。そういう意図ではない問いだったことはマデレーネもわかっているだろうに。

無言のまま、イエルハルトは器を持ちあげると、盆の上でひっくり返した。

「……っ‼」

思わず悲鳴をあげそうになって、カトリーナは口元を押さえる。

こぼれたスープは滴ってマデレーネのドレスに落ちる。

「ふざけた真似をするなと言っているんだ」

「ふざけておりませんわ。食事にほとんど手をつけていらっしゃらないと聞きました」

「食べる気がしないからだ」

笑顔を消したマデレーネは、悲しげに眉をひそめながらも、退くことなく受け答えをしている。カトリーナにはそれも信じられなかった。

この兄妹のあいだには、途方もない溝がある。自分が考えていたよりもずっと深くて大きい。

「しばらくは消化によいものを作らせます。わたくしとカトリーナ様も同じものを食べますから、どうかイエルハルト様も」

頭をさげるマデレーネにイエルハルトはなにも言わない。

「わ、わたくしも……イエルハルト様、どうか……」

マデレーネの隣で、カトリーナも祈るように手を組み、頭をさげた。

これまで、イエルハルトにどう接すればよいのかわからなかった。でもマデレーネを見て、驚くと同時に勇気が持てた。

自分の願いを口に出してよいのだと、マデレーネは示してくれた。

愛されたいだなんて思わないから、せめて。

「イエルハルト様のお気持ちが、少しでも楽になりますように……」

イエルハルトは答えなかった。背を向け、執務机に戻ると、書類を引きよせる。

泣きだしそうな顔をうつむけ、カトリーナは執務室を出た。マデレーネもあとから並び、「では」と一礼をしてドアを閉める。

並んで廊下を歩きだした途端に、カトリーナの目からこらえていた涙がこぼれた。

「カトリーナ様。あの、怖かったでしょうか。申し訳ありません」

カトリーナは首を振った。

盆を持ったまま、濡れたドレスでは慰めることもできず、マデレーネはおろおろとしている。

(マデレーネ様のほうがずっと大変な思いをなさっているのに)

面と向かって否定されたわけでもない自分には、悲しげに涙を流す資格はないはずだ。

「マデレーネ様、わたくし、父に話を聞きます」

涙を拭い、カトリーナは顔をあげた。まだあふれてくる涙は止まらない。マデレーネのように堂々とはできないけれど、なにかをしなければならないと思う。

「そうでなければ、イエルハルト様のお気持ちもわかりません。……わが家がなにをしたのか、確かめなければ」

「わかりました、カトリーナ様」

「マデレーネ様、わたくしは――」

声だけでなく、全身を震わせながらカトリーナはマデレーネを見た。

この願いを口に出すべきか、カトリーナは迷ってきた。イエルハルトにとってそれは余計な干渉でしかないと思っていたからだ。

でも、今なら言えるかもしれないと、カトリーナは思った。

「わたくしは、イエルハルト様のお力になれるのでしょうか」

マデレーネは目を細めた。

「カトリーナ様。国内の貴族と領地はすべて言えますか？　それぞれの産業は？」

カトリーナは頷いた。公爵令嬢として、また将来の王妃を目指していた者として、必要な素養は満たしている、と信じたい。

「主だった商会と交易のルートは？　周辺国の特産物にもお詳しいですか？」

はい、と頷いていくカトリーナに、マデレーネはにっこりとほほえんだ。

◆
◇
◆

翌朝、カトリーナが王宮を去ったのと入れ違いに、カイルが戻ってきた。

第二王子の到着を知らせる侍従もおらず、物音に慌てて出迎えにきたマデレーネは、カイルの背後に立つアランを見て目を丸くした。

「カイルお兄様……アランも……？」

久しぶりに会う兄よりも二日ぶりの夫に目がいってしまう妹に、少々寂しい気持ちになるものの、やはり連れてきてよかったとカイルは頷いた。カイルが同行を命じ、アランを王家の馬車に乗せてきたのだ。

「昨夜はノシュタット家に泊めてもらったんだ」

「それはよろしゅうございました」

兄と夫の親交はよろこばしい、とマデレーネは笑顔になる。使用人たちにとってはうち続く試練であっただろうが。

「マデレーネの侍女だとユーリアを紹介したら、石のようになってしまってな」

マデレーネの考えを読みとったのか、アランが言った。カイルもくすくすと笑っている。緊張のあまり硬直するユーリアの顔が想像できて、マデレーネも頬をゆるめた。

訛りを出さないようにと必死だったのだろう。

「いい子だというのは伝わったよ」

「ええ、とってもやさしい子です」

「ぼくは先に行くよ。マデレーネとアラン殿はゆっくりくるといい」

カイルがにこりと笑う。

それが夫婦に気を遣ってのことだけでないのはアランもマデレーネも理解した。カイルは、イエルハルトのところへ行くつもりなのだ。

カイル殿下は頻繁に王宮を留守にされるから、食事も用意していないのですと、ディルが申し訳なさそうに言っていた。カイルは毎日のように貴族たちの屋敷を訪ね、ダルグレン侯爵家の味方を増やそうとしている。

「カイルお兄様。ひとつお伝えしておくことがございます」

これを聞けばカイルは激昂するだろうと知りながら、マデレーネは口を開く。

「先ほどまで、イエルハルト様のご婚約者、カトリーナ・フォルシウス様がご滞在でした。……カトリーナ様がおっしゃるには――」


マデレーネとふたり並んで王宮内を歩き、惨状ともいってよい光景にさすがのアランも絶句した。貴族どころか使用人の姿もほとんどない。アーチ型の窓から燦々《さんさん》と降り注ぐ日差しが無人の大廊下を照らしだしている。

荘厳であるだけに、その静寂は押し潰されそうな重さを持っていた。知らずにいたほうが気持ちの上では楽だっただろうと思う。

　アランですらそうなのだから、ノシュタット邸にやってきたカイルの追い詰められた表情も無理はない。ダルグレン侯爵家の庇護下に隠さなければ、マデレーネまで奪われてしまうと感じたのだろう。

（俺では力不足、か――）

「アラン」

　小さな呼びかけに、アランは握りかけたこぶしをほどいた。

　振り向けば、マデレーネはアランの考えなどお見通しだというようにほほえんでいる。

「イエルハルト様から、アランと離縁するようにと言われたわ」

「カイル殿下からも、あなたと離縁するように言われた」

　ふたりは顔を見合わせて、叱られた子どものように笑った。

「婚姻誓約書は無効だと聞いた」

「ええ、イエルハルト様のお心ひとつで、わたくしたちは離縁すらできなくなるわ」

「……あなたのことを考えれば、従ったほうがいいのかもしれなかった」

　領地のため、領民のためと、自分のことは二の次にして働いてきたつもりだった。マデレーネを娶ったのも、彼女のためになるならばと思ったからだ。なのに、マデレーネを守るためなのだというカイルの提案に頷くことはできなかった。

　もっともらしいことを言ったけれども、本音はただ、自分が嫌だったからだ。

「俺たちは思っていたより我儘《わがまま》だったようだ」

アランの言葉にマデレーネは首をかしげる仕草をした。

「あら、もう少しよい言い方があるわ」

彼女らしい、春風のような穏やかな笑顔を見せて、マデレーネはアランを見つめる。

「まだ希望が見えるから——すべてを諦めるべきときではなかったから、頷かなかった。そうでしょう？」

アランは瞠目した。

マデレーネの瞳は嘘をついていない。彼女は本心から、この状況を覆す希望が残されていると信じているのだ。

「そう思えるようになったのは、ノシュタット家での経験があったから」

ただ笑顔を浮かべて言われることに従うしかなかった王宮から、外の世界に出て、自分は強くなったのだとマデレーネは思う。

「そのノシュタット家を作りあげたのは、アラン、あなたよ」

言葉を返すこともできず、アランはマデレーネを見つめた。

「こんなときだけれど……いいえ、こんなときだからこそ、わたくしは、ノシュタット家の妻でありたいの」

胸の奥から湧きあがってくる感情がある。

それをどう言葉にすればよいのかわからなくて、アランはマデレーネを抱きしめた。

◆

馬車を急がせフォルシウス公爵邸に戻ったカトリーナは、まだ早い時間だというのに屋敷に多くの貴族たちが訪れているのを見た。

「皆様……？　どうされたのですか」

「どうしたもなにも、宰相殿がここにおられるのですから」

「ええ、政務はここで執り行うのが面倒がなくてよいでしょう」

にこにこと答える貴族たちに、カトリーナは唇を震わせる。

王宮に貴族たちがいないのは、迎える態勢が整っていないからなのだと思っていた。

だが、違った。

イエルハルトの前に跪《ひざまず》き、ともに政務を執り行うはずの彼らは、王宮ではなく公爵家に出仕していたのだ。

貴族たちはフォルシウス公爵をとり囲み、こまごまとした報告を伝える。公爵は頷き、指示を与え、書類にサインをした。

イエルハルトとカトリーナの婚約を、王家はフォルシウス公爵家のものであるという宣言だと彼らは受けとった。以前カトリーナを邪険に扱った令嬢の父ですら、この場でカトリーナに笑顔を向けている。

背すじに薄ら寒いものを感じて、カトリーナは自分を抱きしめるように腕をまわした。

（知らなかった）

こんな世界の中にイエルハルトはずっといたのだ。

自分は、なんの自覚もなくその隣に立とうとしていた。

（でも今は、知っている）

イエルハルトを守るためには、変わらなくてはならない。

父の前に進みでると、カトリーナは礼をした。公爵令嬢として恥ずかしくないふるまいは、幼いころから家庭教師に躾けられたものだ。

「お父様、少しよろしいでしょうか」

「ああ、もちろんだとも。皆様、申し訳ないが席を外させていただく」

公爵の言葉に、周囲の貴族たちも笑顔で頷いた。

「もちろんですとも。婚約も決まり、いろいろとお話ししたいこともあるでしょう」

「こちらはわたくしどもが」

今のカトリーナには、その笑顔が作りものであるとわかってしまっている。

自身の地位や財産を守るために、権力者に媚びへつらっているのだ。そしてその権力者は、カトリーナが嫁ぐ王家ではなくなりかけている。

父のあとについて廊下を歩みながら、空っぽの王宮を思いだしてカトリーナは唇を噛んだ。

（わたくしは、お父様の政略の道具だった）

わかっていて、幸せならそれでいいと思っていた。裕福な暮らしに、王太子という婚約者。恵まれていることはたしかだ。それ以上の立場を望んでなにになるのかと、目を逸らしてきた。

イエルハルトに嫌われていたとしても、貴族の妻ならばよくあることだと自分に言い聞かせた。

（でも、イエルハルト様は、苦しんでいらっしゃる）

マデレーネとともに執務室へ行き、イエルハルトに会って、カトリーナはそのことを理解した。

正面から見たイエルハルトの風貌はやつれて、どこか痛々しくさえあった。

カトリーナを伴い、公爵は屋敷の一室へと入った。

ドアが閉まるやいなや、カトリーナは口火を切る。

「お父様。どうして王家への援助を打ち切ったのですか」

「戻ってきたかと思えば、そのことか」

笑みを浮かべる公爵に、カトリーナは噛みつくような視線を向けた。

けれども公爵にひるんだ様子はない。

「援助を打ち切ったわけではないよ。わが家から人を送ろうと思ってね。手違いがあり、王宮に人の少ない期間ができてしまった」

「それは、フォルシウス家が王宮を乗っ取るということですか？」

「まさか。どうしてそんな恐ろしいことを言うんだい」

娘の厳しい糾弾にもフォルシウス公爵はおどけてみせる。

「以前も言っただろう。すべてはイエルハルト殿下ご自身のご要望で――」

「そんなわけありません‼」

これはフォルシウス公爵の示威行為なのだ。

少しでも逆らえばこういう目にあうと、言外に脅しをかけている。イエルハルトが自ら望んでこんなことをするわけがない。

「イエルハルト様を犠牲にして今の生活があるのなら、わたくしは——」

「婚約者を退くか？　わが家の庇護を失えば、困るのは殿下のほうだ」

公爵の目がすっと細められた。

その奥に光る冷酷な色に、カトリーナは口をつぐんだ。

「王家も、ノシュタット家も、ダルグレン侯爵家ですら、もはやわがフォルシウス家には及ばない。貴族たちは皆こちらへついてしまった」

フォルシウス家をとりまくすべてのものは、長年の努力の上に積みあげられてきたものだ。美しく着飾った娘も、その娘に約束された次期王太子妃の地位も。

イエルハルトにだって、ちゃんと褒美は用意してある。——彼の弟妹にはそうはいかないが。

公爵はふたたび表情をゆるめた。

「カトリーナ、お前はイエルハルト殿下とお話をしてみないといけないのではないかな。殿下のお心がわかればお前も納得するだろう」

うつむいた娘の肩に手を置き、公爵は幼い子どもに言い聞かせるようにやさしい声で言った。

「もちろん、公爵家がどれほど王家に貢献してきたのかを、お父様からお前に聞かせてやることもできるよ」

ああ、とカトリーナの唇から悲しみが漏れる。本当は聞きたくない。でも、イエルハルトの孤独を理解するためには。

「聞かせてください。今、すぐに」

顔をあげ、カトリーナは父を見据えた。

もうこの家に留まるつもりはない。カトリーナがここへきたのは、イエルハルトと向きあうため。真実を知って、王宮に戻るためだ。

◆

「いったいどういうことですか、この状況は」

鋭い視線を向けるカイルを、イエルハルトは冷めた視線で見上げた。

正義感の強い弟は許せないだろうとわかっていたから、ダルグレン侯爵家と手を結ぶならそれもいいと放置した。

このところ顔をあわせなかったカイルがわざわざ乗り込んできたのにはわけがあるのだろう。

「血すじを残し、名を残すには、こうするしかないと判断したまでだ」

椅子に座ったまま、ため息をつきながら言えば、カイルは言葉に詰まった。

「援助が打ち切られたと聞きました。だから侍従も使用人も解雇したと。援助とはなんです？王家には直轄領からの収入も貴族たちの税もあるはずだ」

「フォルシウス公爵は公爵家から使用人を送ってくださると言っている。すぐに人は戻る」

「公爵家の息のかかった者たちで王宮を埋め尽くす気なのですか」

まるでそれがイエルハルトの意思であるかのように、カイルは問う。イエルハルトを責める。

「フォルシウスは密輸をしています」

カイルの手から金のスプーンが投げだされた。散らばった書類の上に落ちたそれには、たしかに覚えのない刻印がある。

「北の支店が拠点になっています。フォルシウスはダグマル商会を使って許可のない国との取引をし、国に収めるべき税を――」

「そうか。ならダルグレン侯爵に告発させてみればいい。うまくいけば密輸品は押収できるだろう。それが王家の利益にもなる」

なげやりなイエルハルトの言葉にカイルは眉をひそめた。これまでにあった覇気がイエルハルトから消えかけている。それは、この状況がイエルハルトを変えつつあることを示していて。

――カイルお兄様も、イエルハルト様と話しあってくださいますか？

マデレーネの声が耳元でよみがえって、カイルは目を閉じる。

カイルが反発するほどイエルハルトは頑なになった。けれど、マデレーネの言葉で、氷のようだった心は解け始めているのかもしれない。

「兄上はなぜ……フォルシウスと手を組んだのですか？」

怒りを収めたカイルに、イエルハルトも眉根を寄せて目を閉じた。このところ身体が不調を訴えているのは、マデレーネの余計なお節介のせいだ。ろくに眠れず、食事もとれないことなど、これまでにも何度もあったことだ。なのに今回だけは、意識を抜けば倒れてしまいそうになる。

十年も耐えてきた。そろそろ手を離してもいいかもしれないと、イエルハルトは仄暗《ほのぐら》い視線をカイルに向ける。

「直轄領からの収入があるはずだと言ったな」

カイルも、マデレーネも、父王ゲラルトですら知らない。

〝王太子〟イエルハルトと〝宰相〟フォルシウスのあいだの密約。

「王家直轄領は、飢饉の年に半分以上を売り払った」

カイルが息を呑んだ。

「買ったのは公爵家だ。ただし当時の地価の数倍で買いとってくださったのだ。恩を感じこそすれ、不当な取引ではない」

「そんな――」

「元直轄地からの収入は変わらず王家に収められていた。それが援助だ」

黙り込むカイルを鼻で笑い、イエルハルトは出ていけと手を振って示した。

「忠臣だろう？　父上も臥してしまわれたあの状況で、公爵家以外に頼れるものはなかった。俺は見返りにあいつを宰相にしてやった」

飢饉で弱りきった直轄領からの収入は十分とはいえなかった。しかしないよりはましだ。そのことはカイルにもわかった。

あのとき、王宮でカイルとマデレーネを育てた金は、病み衰えた父王を生かした金は、そうやって作られていたのだ。そうでなければ、王家そのものが滅んでいた。

「気にすることはない。お前は幼すぎた」

イエルハルトは唇の端を歪めて笑う。

見慣れてきたはずのその笑みを、痛々しいとカイルは思った。

(これまで兄上は、こんな顔で笑っていたのか)

マデレーネに言われなければ気づかなかった。イエルハルトが苦しんでいるはずはないと、カイルは思い込んでいた。

こぶしを握りしめ、カイルは強いまなざしをイエルハルトに向けた。

「ぼくはもう子どもではありません」

言い返すこともできず黙って執務室を出ていくだけの日々は、もう終わった。

「フォルシウス公爵を密輸の罪で摘発します。やつさえ失脚すれば、腰巾着の貴族たちはダルグレン家へつく」

「報復として公爵は直轄領の収入を差し止めるぞ」

そうなったら、と言いかけてイエルハルトは言葉を切った。

人のいなくなった王宮の現状は結局、恐れていた未来となにも変わることがない。

今のままでも、王家は公爵家の傀儡《かいらい》となり、血すじが残り、名が残る。ただそれだけだ。

「戦わなければならないときがあるでしょう」

イエルハルトの心を読んだかのように、カイルは苦い笑みを浮かべた。

「ぼくが負けたら、第二王子の独断として処分してください。それで公爵家への体面はたもてるはずです。それがぼくにできる唯一の貢献だ」

イエルハルトに背を向け、カイルは執務室のドアへと歩んだ。

「ぼくもマデレーネも、兄上を助けたいと願ってきました。でもできなかった。信頼にたる弟ではなかったこと、お詫びいたします」

どこかの異母妹のようなことを、と笑おうとした唇は、うまく表情にならなかった。

「カイル――」

「失礼します」

ドアが閉まる。

ひとりになった執務室で、イエルハルトは立ち尽くした。

第六章 ◇ あなたの幸せ

母ドレア・メルヴィが病の床に臥せったのは、カイルを産んだ際の出血が原因だったそうだ。王宮にまだ思いやりが生きていたあいだは、そのことはイエルハルトにもカイルにも知らされないですんだ。

イエルハルトにとって物心ついたころから母の顔色は青白く、カイルにいたっては記憶にも残らないうちに別れを迎えることになった。

それでもふたりの記憶には母の笑顔があったし、嘆く父王の悲しみは本物であったから、時がたつにつれ悲しみは癒やされていった。

数年後、エリンディラを紹介されたときも、意外に反発の気持ちは少なかった。

それよりもたったひとりで政務をこなす父王が母ドレアと同じように臥せってしまうのではないかと、イエルハルトはそのことに気を揉んでいたから、仕方ないのだ、という諦めの気持ちもあった。

エリンディラは、諸外国の制度に明るく、貴族たちの会議にも出席していたのだという。そこで国王の目に留まり、親しくなったと、祝いを告げる貴族たちから教えられた。

王太子と呼ばれながらも、自分にはまだ父の仕事を引き受けるだけの能力はない。だから、父を支えることのできる誰かが隣にいることは、仕方のないことなのだ。イエルハルトは自分にそう言い聞かせた。

生母の記憶がおぼろげにしかないカイルは、新しい母をよろこんだ。なかなかうちとけられない自分とは違って、カイルはエリンディラの部屋にも出入りしていたようだ。

やがてマデレーネが生まれたときも、カイルは赤ん坊のマデレーネを抱えてどこへでも連れていくほどかわいがった。

「あにうえもマデレーネをだいてやってください」

ようやく首の据わったマデレーネをこともなげにさしだしてカイルは言う。手つきは危なっかしく見えるのに、マデレーネも慣れたもので、怖がったり泣いたりはしないのだ。

「いや、俺はいい」

いつのまにか赤子の抱き方まで覚えたカイルと違って、イエルハルトは手を出すことすらできなかった。

柔らかな身体をどう抱えればいいのか。万が一にでも落としたらと考えれば、マデレーネだって抱かれたくないだろうと言い訳をする。

異母妹をかわいがりたいとは思わない。

だがエリンディラがイエルハルトの日常に馴染んでしまったように、マデレーネも少しずつイエルハルトの日常に馴染んでしまった。

「イエルハルトおにいさま！」

ぴょこんと顔を出すマデレーネに、イエルハルトは眉根を寄せてため息をついた。ふにゃふにゃとした赤ん坊だったはずの異母妹は数年で歩いてしゃべるようになり、こうしてあからさまな態度にもめげない心を手に入れた。

マデレーネは懸命にテーブルを覗こうとする。けれどもまだ小さな身体では、両手でテーブルのへりにつかまって、背伸びをしてようやく見えるかどうかというところ。

「なにを、されて、いるのですか」

「……勉強だ」

後ろにひっくり返りでもされたらたまらないと、イエルハルトはマデレーネを抱きあげて椅子に座らせてやった。マデレーネは目を輝かせてイエルハルトの手元を覗き込む。

「ラン・デ・フォル・ト……やま」

書き写した地名を読みあげ、なにが楽しいのかマデレーネはきゃっきゃと笑う。

「兄上、マデレーネ。どうしたのですか」

そのうちにカイルもやってきて、マデレーネの隣に座った。増えたギャラリーにイエルハルトはげんなりとした顔になる。

「おにいさま、おべんきょうです。わたくしも」

「もう字が読めるのかい。マデレーネはかしこいね」

カイルに頭を撫でられ、マデレーネはますます嬉しそうに笑った。

「兄上は将来、国王になられるのだよ。ぼくたちもちゃんと勉強して、兄上を支えられるように

ならなければね」

「はい！」

弟妹は兄を誇らしげに見つめて笑う。

（本当に意味がわかっているのか）

よぎった皮肉は心の中だけに押しとどめて、イエルハルトはもう一度ため息をついた。その口元がほほえんでいるとは気づかずに。

◆

エリンディラが継母《はは》となって、八年がたった。

さしだされた深緑の宝石に、イエルハルトは目を瞬かせた。大きさといい、色艶といい、質のよいものであることがわかるそれ。

「ベイロン領ではね、その年に採れた翡翠を、子どもが健やかに育つように願って、お守りにするの」

押しつけがましくなることを恐れたやわらかな笑顔で、エリンディラは切りだした。

すでに十三の歳になったイエルハルトには、彼女の言いたいことがわかった。子どもたちのためにとわざわざさがしてきたのだろう。

もとが実務に長《た》けたエリンディラは、王妃となってからも視察として各領地をめぐった。それらの土地で譲り受けたり買い求めたりした土産物を渡してくることも多々あった。そのたびにカイルとマデレーネは無邪気によろこんだが、イエルハルトはそっけない礼を言うだけだった。

だが、今回のこの翡翠は、親が子どもに贈るものだ。

受けとり、礼を言うことが、エリンディラを母と認めることになる。

それがわかっているからこそ、エリンディラはいつものはつらつとしたものではない、彼女らしくないとさえいえる弱々しい笑顔でイエルハルトを見ているのだ。

嫌なら手にとらなくてもいいのだと、言外に滲ませて。

イエルハルトは無言でエリンディラを見つめた。

ずるい、とは思わなかった。青いやさしい瞳は、あくまでイエルハルトを想いやっており、彼に無理強いをしたくないのだという真摯な感情が伝わってくる。

それでも、どういう生き方をすればこんな表情ができるようになるのか、イエルハルトには想像ができない。だから信じていいのかもわからなかった。

ただじっと待つエリンディラの手から、イエルハルトは翡翠を受けとった。

「……礼は言いません」

ぱっと顔を輝かせたエリンディラを、イエルハルトは眩しそうに見つめる。

自分にできるのは、ひとつだけだ。エリンディラの心を受け入れることだけ。自分から返すことは、まだできそうにない。

「ええ、それで十分よ」

無愛想な態度にもエリンディラは喜色をいっぱいに表してにこにこと笑っている。

（……信じてみてもいいんじゃないか）

かつて母にそうしたように、自分を預け、裏切られることのないものとしてエリンディラを認めてもいいのではないだろうか。

心に芽生えたあたたかなものを、イエルハルトは大切に育てようとした。

それが育ち切る前に摘みとられてしまうとは知らずに。

飢饉がヴァルデローズを襲い、次いで押し寄せた疫病の波に呑まれた王宮で、エリンディラは母と同じくその短すぎる生涯を終えてしまった。

マデレーネと、北部のために使った多額の借金を残して。


飢饉の年の記憶は曖昧だ。

気づけば王宮は死の手に包まれていた。イエルハルトやカイル、マデレーネをはじめ、侍従、侍女、役人、キッチンのコック、下働きにいたるまで、病から逃れることはできなかった。エリンディラの葬儀が終わるやいなや、憔悴しきった国王も床に臥せた。

それでも国全体が傾く前に飢饉も疫病も終わった。終わらせることができたのは、エリンディラの改革に効力があったからだ。被害の大きかった北部領は王家からの援助を受けて崩壊の寸前で踏みとどまったし、前年までの豊作のおかげで他領地の被害は少なくすんだ。

そういった報告をイエルハルトが聞いたのは、混乱が収まり始めたころだ。

「各地は領主が立て直すでしょう。現在、最も財政に困難を抱えているのは王家です。僭越《せんえつ》ながら、わたくしが王家の直轄領を買いとらせていただきました。質素におすごしあそばされれば、一年は耐えられましょう」

　フォルシウスの言葉にイエルハルトは衝撃を受けた。

　質素に暮らしたとて、王家は一年しかもたないのだ。国を統べる家であるくせにと、罪を断じられたかのような心持ちがした。

　執務机をまわり込み、青ざめるイエルハルトの肩を抱くと、公爵は慰めるほほえみを向ける。

「公爵家は、王家あってのものです。十分に援助はさせていただきます。……王妃殿下にお貸しした金も、返済は十年後でようございます」

「……エリンディラ妃に……貸した金……？」

　さらなる驚愕に目を見開くイエルハルトに向かって、はい、とフォルシウスは頷いた。

「そうですな、小さな領地なら、ふたつみっつは買えるでしょう」

「……‼」

　信じてもいいのではと思った。心を預けてもいいのでは、頼る相手としてもいいのではと。

　それは間違いだった。

　国を救う王妃の決断は、結果的に王家を苦しめることになった。

　だが、まだ未来はあるとイエルハルトは信じた。

「貴殿の心遣い、ありがたく受けよう、フォルシウス公爵。今後は父上に代わり王太子の俺が政務を執り行う」

自分には、こうして忠誠を誓ってくれる家臣もいる。

「俺を助けてくれ。貴殿を宰相に任命する」

「わたくしもせいいっぱいお仕えいたします」

こうべをたれるフォルシウスが笑みを浮かべていることを知らぬまま、イエルハルトは頷いた。


直轄領を売った金を切り崩しながら、王家はなんとか生き延びた。ただし、もとのようにとはいかない。

人員の整理や給金の見直しが行われ、口には出さないものの、王宮内に不満が渦巻いているのをイエルハルトは感じとっていた。

財政の立て直しは進まなかった。

フォルシウス公爵に直轄領を売り渡したことにより、王家の所領は減った。去年よりも領地の減った状態で、去年よりも稼ぎをあげるなど、無理なことだ。

(騙された……?)

イエルハルトがそのことに気づいたときには、すでに一年の半分が終わっていた。

「国王陛下もお目覚めになりそうにない。我々はこの先どうなるのやら……」

「イエルハルト殿下に政治は無理だろう、まだたったの十五じゃないか」

「貴族の方々も王宮に寄りつかなくなった。領地の復興に忙しいのだと言っているが王家に関わりたくないのさ」

侍従たちの噂声は日々大きくなっていく。王家の権威が失われつつある今、忠誠を誓うはずの者たちは畏怖の心を失っている。

イエルハルトにはわかっていた。やがてそれは敵意となって、王家そのものに向かう。

「それでもまだイエルハルト殿下は必死にやっているじゃないか。カイル殿下やマデレーネ殿下はいつまでたってもうじうじと喪に服してるんだから」

年かさの侍女が大きなため息をつきながら言う。

彼女の夫は、エリンディラと同じ氷錆病で亡くなったのだった。

射貫くような視線を向けるイエルハルトに、フォルシウス公爵は笑顔を崩さなかった。彼にとっては予想できたこと、計画の範囲内であるから、当然動じるわけがない。

「俺を嵌《は》めたな」

「いいえ。イエルハルト殿下のお力を信じればこそ、お役に立てるかと思ったのですよ」

許可なく直轄領を買いとったことを、イエルハルトは咎めなければならなかった。直轄領を買い戻すだけの金は王家にはない。降ってわいた多額の金に感謝をすべきではなかったのだ。

そのことは、手さぐりにでも政治を執り仕切ってみて理解した。己の迂闊さに反吐《へど》が出そうだ。

「わたくしを罷免しますか？　そうですね、ダルグレン侯爵あたりを宰相につけてみてもよいかもしれません。息子が優秀だそうですよ。あの家も今は火の車のようですが」

「……お前の条件を聞こう」

感情が表に出ないよう気を払いながらイエルハルトは告げた。

ここで対立の姿勢をあらわにしても、今のイエルハルトには味方がいない。王家の命綱を握りつつある公爵と真っ向から戦う貴族がいるだろうか。

「わたくしは親ばかでしてね。娘のカトリーナは器量も気立てもよい子で、将来はよい縁で結ばれてほしいと願っています」

「王妃の座を、彼女に渡せと？」

そして生まれた公爵の孫を、王位につけろと。

十代のイエルハルトからしてみれば、公爵の要求はなんとも気の長い話に思えた。

（こやつも今はまだ大きくは動けない？）

一瞬、イエルハルトの脳裏に疑念がよぎる。フォルシウスが父の代に一度宰相を罷免されているのだということを、イエルハルトはあとから知った。

それをうち消すように、公爵はにんまりと笑ってみせた。

「わが娘と婚約してくださるのなら、買いとった直轄領の収入権を王家にお貸ししましょう。それに、同じ条件でほかの直轄領を買いとってもようございます」

本来の価値の三倍で買いとり、しかもその収入は従来どおり王家のもの。

公爵家には、金がある。そのことを見せつけるかのような提案だった。

父と母の並んだ姿を、それから父とエリンディラの並んだ姿を、イエルハルトは思い浮かべた。

己の結婚はそうはならないのだろう。

「……わかった」

それが王太子としての役目なのだと、イエルハルトは感情を呑み込んだ。

カトリーナと実際に顔をあわせたのはそれからさらに一年がたったころだった。フォルシウス公爵の贔屓目《ひいきめ》ではなく、カトリーナはたしかに可憐で、美しい顔立ちをしていた。

瞳にうっとりとした憧れの色を宿しながら、カトリーナは優雅に礼をした。

「初めまして、イエルハルト様。わたくしを選んでいただき光栄です」

まさかその挨拶がイエルハルトの怒りに触れたとは、カトリーナはわからなかっただろう。

ただ、言葉を返さないイエルハルトに、戸惑ったような視線を向けた。

「王太子殿下は照れておられるのだよ、カトリーナ」

フォルシウスが口を挟む。

こぶしを握りしめながら、イエルハルトは笑みを浮かべ、頷いた。十七になった彼は、すっかりと感情を偽る術を身につけていた。

「ええ、なにも言えなくなってしまいました。こちらこそ光栄です、カトリーナ嬢」

カトリーナはなにも知らない。

ただ、自分の父親の働きが王家に認められ、自分の育ちや優秀さがつりあいのとれるものだと認められて、名誉ある王太子の婚約者に選ばれたのだと、信じきっている。

金で売られたのは自分のほうだ。

しかしその判断を下したのもまたイエルハルト自身なのだ。

財政は立て直しつつありますと、そう嘘をつくのが嫌で、己の未熟を慰められるのも嫌で、父親の見舞いにも行かなくなった。不思議なことに、カイルもマデレーネも、長年仕えた侍従たちも、王宮の状況をゲラルトには伝えていないようだった。

病人の寝込んでいる一室にだけ、偽りの幸福が根付いていた。

それを羨ましいとイエルハルトは思った。

耐え忍ぶ時間を重ねるうちに、侍女たちの態度は不満を隠さないものになっていった。ようやく十になったマデレーネを、カイルは必死に庇う。

青ざめた顔をして、マデレーネはほほえみを作った。

「カイルお兄様、わたくしは大丈夫です」

明らかに無理をしているその笑顔に、カイルは痛ましげな視線を向ける。

「悲しいときは泣いていいんだよ、マデレーネ」

「いいえ、カイルお兄様」

麗しい兄妹《きょうだい》愛を、イエルハルトは冷めた視線で眺めた。

離れた場所ではあるが、侍従や侍女は控えている。声が聞こえなくとも、カイルがなにを言っているのかはわかるだろう。自分たちの不遜な態度を非難していることも。

マデレーネは気づき始めている。侍女たちの向ける視線が棘《とげ》を増していることに。カイルの案じるとおり、マデレーネにできることはない。だから笑顔で服従を示しているのだ。

しかし服従の先にあるのはいたわりではなくさらなる侮りだ。

このままではカイルも標的になる。

「兄上も侍女たちに言ってください、近ごろマデレーネの侍女は言うことを聞かず――」

「いいえ、カイルお兄様。わたくしは大丈夫です」

壊れたオルゴールのように、マデレーネは同じ言葉だけを紡ぎ続ける。それでもきちんと周囲の耳ははばかって、小さな、囁くような声で。

その笑顔がエリンディラの笑顔に重なり、苛立ちを募らせる。

「イエルハルトお兄様――」

「俺を兄とは呼ぶな」

腹の底から湧きあがる激情に押し流されるまま、イエルハルトはテーブルを叩いた。

「王家の困窮はお前の母親のせいだろう、マデレーネ！　北部の援助で多額の金を使い、借金まで作った。父上が病に臥せったのもあの女のせいだ！」

「なにを申されますか、兄上！　エリンディラ妃の尽力がなければ、飢饉はあと数年は続いていたのです！」

「それで救われたのは北部の連中だ。王家は外れくじを引かされた」

こうなってから、イエルハルトは直轄領の財政を何度も精査した。役人たちから話を聞いた。できることはないかと手立てを尽くしたが、事態は改善しない。

エリンディラのやったような劇的な改革は、イエルハルトには不可能だった。

すでに心は限界を迎えていたのだと、ようやく気づく。

「――あの女と同じ顔をして笑うな」

先ほどまでとは違って、言い争いは壁際に控える侍女たちの耳にも届くだろう。だがそんなことを考える余裕はイエルハルトにはなかった。

「全部、お前の母親のせいだ‼」

その一言が、張りつめていた王宮内の均衡を崩したと知ったのは、しばらくたってのこと。生贄《いけにえ》の羊を見つけた侍女たちが、マデレーネを部屋に閉じ込めているとカイルから訴えられたときだった。

◆◇◆

ノックの音にイエルハルトは目を開けた。

うたた寝をしていたらしい。といっても、寝室に戻ってベッドで休む気にはなれず、最近の眠りはすべて執務室でのうたた寝だ。

すでにイエルハルト付きの侍従はひとりだけ。フォルシウス公爵の圧力に応える形の解雇だったが、給金ほしさに仕えていただけの、忠誠心のない侍従たちを切り捨てていったときには、思いがけない優越感に襲われたものだ。

ひとりで寝起きし、ひとりで身支度をし、それでもイエルハルトは生きていける。そう思えば、余分な人員である侍従たちはたしかに贅沢品だった。

「イエルハルト様。夕食をお持ちいたしました」

カトリーナの声がして、イエルハルトはわずかに表情を変えた。

「……入ります」

入れとも入るなとも応《いら》えを返さないイエルハルトに、カトリーナはそう宣言をすると、ドアを開けた。廊下から流れる風にスープの香ばしい湯気がのって届く。

カトリーナの背後に盆を持って控えているのは新しい料理長だ。マデレーネに食事を与えていた料理人を告げ口し、左遷に追いやった男。その料理長から盆を受けとって、カトリーナだけが執務室に入る。

マデレーネがやってくるまで、カトリーナが執務室に入ったことはなかった。ドアの前で声をかけようか悩んでいたのは知っている。だからこそイエルハルトは執務室から出なかったのだ。

それが、マデレーネとの関わりを得て、彼女は変わりつつあるらしい。

盆にはスープを入れた金属のポットと、パンと、ふたつの器がのっている。

「冷めないうちに、いかがですか」

なお答えを返さないでいると、カトリーナはテーブルに器を並べ、ポットからスープを注いだ。

「僭越ながら、わたくしがお先に」

おもむろにスプーンに手をのばすと、カトリーナはスープをすくう。

同じ食事をとるという宣言どおり、この数日カトリーナは、貴賓に対して用意される料理を控え、この栄養の摂取と消化のよさだけを目的とした素朴なスープを口にしていた。

だが、パンとスープだけで腹が満ちるわけがない。贅沢に暮らしてきた公爵令嬢には、なにより舌が満たされないはずだ。

誰もいない王宮にわざわざ滞在し、夫となる男には無視され、パンとスープの晩餐をとって。

「あなたはなぜこんなことをするのです。マデレーネに言われたからですか」

思わず疑問が声になった。

正直に言って、カトリーナの行動が、イエルハルトには理解できなかった。

カトリーナはぱっと顔をあげた。表情に現れた驚きが、声をかけられることすら期待していなかったのだと告げている。

そんな顔をされたのでは、余計に理由はわからない。

「マデレーネ様は、わたくしに勇気をくださっただけです。わたくしがこうしているのは……」

逡巡がカトリーナの目に浮かび、すぐに消える。

「わたくしを頼っていただけませんか。直轄領の経営も、少しはお力になれると思います」

イエルハルトは答えない。答えられなかった。

「……わたくしを信じることなど、できないのはわかっています」

黙り込むイエルハルトの内心を勝手にさぐりあてて、カトリーナは話を進めてしまう。

「父から、これまでのことを聞きました」

立ちあがり、真正面からイエルハルトを見据える視線は力強かった。

「父の行いは、人の道に悖《もと》ることです」

「――……」

その瞬間、イエルハルトの表情をよぎった怒りに、カトリーナは息を呑んだ。困惑したように話を聞くだけだったイエルハルトが、初めて見せた感情だった。

同時に、イエルハルトがなにを憎んでいたのかをようやく知った。

「なら、俺の判断も間違いだったと？　あなたと婚約することもなく、誰の手も頼らずにひとりで国を立て直すべきだったということですか」

手負いの獣のように牙を剥きだしにして、イエルハルトはカトリーナの肩をつかんだ。ずきりとした痛みが悲鳴をあげる心に重なる。

困るのは殿下のほうだ、と言った父の声が耳に響く。

イエルハルトが憎んでいるのは、それ以外の選択肢を持ちえなかった自分だ。

過去のイエルハルトを否定したいわけではない。けれどもフォルシウス公爵のやり口を否定することは、彼のしてきた判断を否定することなのだ。

逃げようとする身体を必死に留め、カトリーナは叫んだ。

「いいえ！　イエルハルト様が間違ったとは思いません。政治がきれい事ですまないのはわたくしにもわかります。でも‼」

冷静にならなければいけない、泣いてはいけないと思うのに、目には涙が浮かんでしまう。

「イエルハルト様は苦しんでおられます‼　わたくしは――わたくしは、それが嫌なのです」

はらはらと涙をこぼすカトリーナを、イエルハルトは黙って見つめた。

やがてゆっくりと笑みが表れた。一瞬見せた激情が嘘だったかのように、イエルハルトはもとの冷たい笑みを浮かべて首を振った。

「苦しんでなどいません。すべては俺の思いどおりに進んでいる」

ダルグレン侯爵ハーシェルは清廉潔白な政治をするだろう、それでも金の力には敵わない。ふたつの家の争いは国を混乱させる。だからダルグレン家の影響力が増す前に、フォルシウス公爵家の地位を確固たるものにした。

それがイエルハルトの判断だ。

「わたくしは……イエルハルト様に、幸せになっていただきたいのです」

「俺の幸せはあなた抜きにはありえませんよ」

「……！」

作り笑いの唇から紡がれる甘い囁きに、カトリーナは顔をそむけた。無言で礼をすると執務室を去っていく。

閉まるドアの向こうにカトリーナの背中を見送り、イエルハルトは小さく息をついた。

（どいつもこいつも……）

マデレーネに感化されたのが丸わかりの、必死な目をして、イエルハルトに迫ってくる。

婚約者でありながらそっけなくしていたのをカトリーナ自身も気づいていただろうに、それでもイエルハルトを見捨ててはおけない。そのやさしさもまた何不自由なく育てられた傲慢さからくるものだとしても、彼女はたしかに自分を助けようとしている。

（それでももう、今さらだ）

テーブルに残された器をとりあげ、ひと口含む。昔の夢に疲れたか、今日はひどく空腹だった。

ほろほろと崩れるまで煮込まれた鶏肉と野菜の旨味が溶けだしたスープは、幼いころに病床で飲んだものに似ている。

――もう大丈夫よ、イエルハルト。

耳によみがえる声は、エリンディラのものだった。幼いイエルハルトが熱を出したとき、体調を崩したとき、エリンディラはいつも付き添ってくれた。

（……温かい）

いつもなら吐き気を伴う温度が、今日に限っては身体に染み入るように感じられた。

翌日の朝もカトリーナは食事を持って執務室に現れた。

あれだけ傷つけられて、よく逃げださないものだと思う。それもマデレーネの影響ならば、異母妹は人の心に入り込む能力を持っているらしい。

朝食はパンにハムと野菜を挟んだだけの質素な食べものだ。

手でつかんで口を開けるカトリーナを、イエルハルトはまじまじと見つめてしまった。

「……このように食べるものらしいのです。サンドウィッチというそうです」

カトリーナは恥ずかしそうに告げる。

食べづらいのか大きく頬張りすぎてしまい、膨らんだ頬を押さえてまた頬を染めた。

（……腹が減ったな）

しくしくと痛む胃は空腹を訴える。舌によみがえるのは昨夜のスープだ。あのあと食器をさげにきた料理長が空になった器とイエルハルトを交互に見て信じられない顔をしていた。またあんな顔をされるのは面倒だ。

執務机から離れてカトリーナの隣に腰をおろし、イエルハルトはパンを手にとった。

「食べ終えますから、食器をさげてくれませんか」

「イエルハルト様……！」

今度はカトリーナに信じられないという顔をされて、イエルハルトは閉口した。

（驚くくらいなら最初からやらなければ――）

ふと、エリンディラの面影が脳裏をよぎる。

イエルハルトの負担にならない距離を、やさしい継母は懸命にさぐっていた。ひとりぼっちだと思うほどに遠くはなく、かといって息苦しいほど近すぎるわけではない距離。

イエルハルトに寄り添わず、それでも手をさしのべられる距離を、彼女はたもっていた。

それはたぶん、愛情だ。

次の日も、その次の日も、カトリーナは食事を持って現れた。

言葉を紡ぐたびカトリーナに驚かれるから、イエルハルトは無言を貫き通した。カトリーナも、決まりきった挨拶と名前を呼ぶこと以外は口を開かない。そのくせ手ずから支度をするときにはにこにこと表情をゆるませているし、イエルハルトが食事を口にすれば目を輝かせてその様子を眺めている。

ささくれていた空気が穏やかになっていくのを、イエルハルトは感じていた。

イエルハルトの表情が変わったのを、カトリーナも気づいている。そうして、おそるおそると、最後の一歩を踏みだそうとする。

「わたくしは、償いのためにここにいるのではありません」

初めて会ったときからずっと、イエルハルトは見ないふりをしてきた。アーモンド色の瞳に輝く恋情も、カトリーナが自分のためにしている努力も、無視してきた。

カトリーナも口には出さなかったというのに。

「イエルハルト様のことが、好きだからです」

その言葉を伝える決意をさせたのもまた、マデレーネなのだろう。

◆

思わず鼻歌をうなってしまいそうになってディルは息を止めた。いくらなんでも浮かれすぎだ、と自分でも思う。だが、心はいつになく弾んでいた。

このところ、イエルハルトの部屋からさげられてくる器は空になっていることが多かった。そこで今朝、思いついて別の皿にベリーをいく粒かのせてみたところ、それも消えて戻ってきた。

今夜は、レモンの果汁をたっぷり使ったジュレを作った。貴重な氷を使って冷やしたそれは、舌にのせれば爽やかに蕩《とろ》けるはずだ。

時間をかけて煮込み、灰汁《あく》をとりきったスープをポットに移す。具材は毎日、栄養と彩りを考えながら組みあわせた。キッチンに料理人は自分しかおらず、あとはキッチンメイドが数人いるだけだ。なのにどうしてか、もう自分が不幸だとは思わない。

(あいつが言っていたのは、こういうことだったんだろうな)

かつて同僚であったヨハンの顔を思いだし、ディルはひとりごちた。

――テーブルにつく人の幸せを考えたことがあるか?

荷物をまとめたヨハンは、ぽつりとそう呟いて、それから諦めたように首を振って王宮をあとにした。

(今ならわかる)

毎食ごとにカトリーナはわざわざキッチンに現れ、メニューを見て「おいしそうね」と言ってくれる。それを手ずからイエルハルトのいる執務室へ運び、ともに食べる。

その姿を見ているうちに、自分は料理の権威に跪いていたのだということを知った。

高級な食材も技術を凝らした飾りつけも必要だ。ただ、それらは本当は、人々の目を楽しませ、舌をよろこばせるためにあったはずだ。

そして時に、本当に身体が求めているものは、肉と野菜の旨みが煮込まれただけの素朴な見た目のスープだったり、ただのフルーツだったりする。

そのことをヨハンに気づかせたのは、ノシュタット領で再会したマデレーネだったのだ。

だからヨハンは王宮を出た。

だがディルは王宮へ残るだろう。イエルハルトその人から暇を言い渡されるまでは。

◆◇◆

昼下がりのひだまりに腰をおろし、書庫の一角のテーブルに、マデレーネは地図を広げた。国内の領地がすべて描かれたそれには、直轄領も載っている。

売り渡された直轄領に印をつけ、アランとマデレーネは地図を覗き込む。

「フォルシウス公爵は直轄領をばらばらに買いとっているように見えるわね」

公爵領は南の中心部にある。それに対して、印は北部以外の東西南すべてに点在している。

「領地を増やすために直轄領を買いとるなら、自領の近くにして交易網に組み込むほうが効率がいいはずよね？」

「いや、フォルシウス公爵はダグマル商会を傘下に収めている。どこにあろうが、交易ルートに近いのであれば搬入は――」

アランが言いかけて、街道をなぞっていた手をぴたりと止めた。

マデレーネもはっと息をつめてアランを見た。

「……密輸の経由地か」

直轄領からの税収は援助という名目で王家に与えられていた。フォルシウスがほしかったのは、税収ではなく、街道にほど近く誰の目も届かない土地そのもの。

直轄領ならば付近の領主も手が出せない。役人たちさえ抱き込んでしまえば、見咎められる心配はない。

「ノシュタット領が狙われたのもこのためだったのだな」

フォルシウス公爵とつながっていたセルデン伯爵は、北部の貴族たちをけしかけてアランを孤立させ、ノシュタット家を潰そうとした。

王家の直轄領は北部にはない。そのうえノシュタット家が経済を押さえていて、ダグマル商会は密輸品を北部から先へ運ぶことができない。アランを排して自分に尻尾を振るセルデンを据えるのが、フォルシウスの目論見だったのだろう。

「カイルお兄様に、このことをお伝えして」

直轄領の地名と場所を書きとり、マデレーネはアランにメモを渡した。

カイルはハーシェルとともに、ダグマル商会の密輸を摘発するための証拠を集めている。トビアンから話を聞き、北支店の客や物の出入りを見張っているが、それ以上の糸口がつかめないでいたところだった。この情報は彼らにとって光明となるだろう。

廊下を早足に歩くアランの視界に人影が映った。今となってはほとんど働く者のいなくなった王宮で、誰かとすれ違うことはめずらしい。

その正体に気づき、アランは足を止めるとすぐに礼をとった。

「イエルハルト殿下」

「かしこまらなくていい。……お前は俺を殴りたいはずだからな」

同じく歩みを止め、興味もなさげにイエルハルトは手を振る。告げられた言葉は図星といえて、言葉に甘えてアランは素直に顔をしかめた。

晩餐会で遠目に見ただけの容貌は、近くで見ればたしかにマデレーネに似ていた。ただ、水底の色をした瞳だけは、温度を持たぬように冷たい。

この男がマデレーネを虐げ続けてきたのだと思えば、こぶしを握りたくはなる。

「フォルシウスの鼻は明かせそうか」

「はい、おそらく」

「難儀なことだな、王家のいざこざに巻き込まれて」

薄い唇を歪めてイエルハルトは笑う。

窓から差し込む光が揺れる金髪を輝かせるのを、アランは目を細めて眺めた。

（やはりマデレーネに似ている）

輿入れの日、マデレーネは貼りつけたような笑みを浮かべていた。今のイエルハルトもそうだ。

「巻き込まれたとは思いません。イエルハルト殿下には感謝しております」

アランの言葉にイエルハルトはぴくりと眉をつりあげた。

「マデレーネと俺を娶《めあ》わせてくださいました」

それが王家の借金を清算するためだったにしろ、中央貴族たちの目を北部の成り上がりへ向けさせるためだったにしろ、イエルハルトはほかの誰でもなく、アランを選び、マデレーネを嫁がせた。

「それだけは、あなたの選択は間違っていなかった。俺はそのことを証明したい」

「……わかったような口を」

「もう少しだけお待ちいただけませんか。俺もあなたの力になりたいのです」

その言葉には答えず、舌打ちをひとつこぼし、イエルハルトはアランを押しのけて歩んでゆく。

イエルハルトがここにいる理由がアランにはわかった。

彼はマデレーネと向きあいにきたのだ。


アランの後ろ姿を見送り、ふたたび地図に目を戻したマデレーネの耳に、足音が届く。

「どうしたの？」

アランが戻ってきたのかと振り向いて、マデレーネは驚きに口をつぐんだ。入り口近くの壁にもたれ、昏い視線を向けるのは、彼女の異母兄、イエルハルトだった。

立ちあがり、礼をしかけてマデレーネは動きを止めた。背すじをまっすぐにのばしてイエルハルトと相対する。

「イエルハルト様――いえ、イエルハルトお兄様」

マデレーネの真摯なまなざしは、兄妹として向きあうことをイエルハルトに求めている。イエルハルトはなにも答えなかった。ただ視線でマデレーネの発言をうながす。

「フォルシウス公爵の買収した直轄領でも密輸が行われている可能性があります。もしそれが立証できれば、フォルシウス公爵が密輸に関わっていた動かぬ証拠になります。直轄領を王家に戻す理由にもなる」

「なぜそれを俺に明かす」

マデレーネの語ったことは、逆に言えば証拠が見つからない場合、直轄領の奪回は難しくなるということだ。フォルシウスは直轄領からの収入権を差し止め、王家を干上がらせるだろう。

「俺があいつに情報を流すとは思わないのか」

「思いません」

即座に言いきられて、イエルハルトの口元に浮かびかけていた笑みは消えた。

「ハーシェル様がおっしゃるには、密輸の証拠をさぐっていることすら、フォルシウス公爵は気づいていないだろうと」

イエルハルトが本当にフォルシウス公爵の失脚を阻止したいのなら、もっと早くに情報は漏らされていたはずだ。

「それに、アランとわたくしの婚姻が無効となったことも、おおやけにはされていません」

イエルハルトはまだ正式な宣言をしていない。

皮肉にも、出仕する貴族がいないせいで、閉ざされた空間となった王宮から秘密が漏れることはなかった。

「今さら、と……イエルハルトお兄様はおっしゃいました」

王宮へ戻り、最初にイエルハルトと対峙したとき。瞳に焔を滾らせながら彼がマデレーネにぶつけた怒りは、たしかにそれだった。

イエルハルトの眉根がきつく寄る。

「そうだ。今さらだ……今さらしゃしゃり出て、お前たちは俺が積みあげたものをぶち壊そうとする。案じるふりをしながら、俺にできなかったことを責めて――」

ぴたりとイエルハルトの言葉は途切れた。暗青色の瞳が冷たい視線を手元に落とす。

「……なんのつもりだ」

駆けよったマデレーネが、イエルハルトの手を握りしめていた。指先まで冷えきった手はイエルハルトの心を表しているようで胸が痛い。その痛みが涙となってマデレーネの瞳からあふれてゆく。

「カイルお兄様と、わたくしを」

囁くような涙まじりの声が紡がれる。

「守ってくださり、ありがとうございました――」

ぽたぽたと手の甲に落ちる雫を感じながら、イエルハルトは瞠目した。

派手な晩餐会を開き、たくさんの貴族たちを呼びつけ、王家の威光はまだ衰えていないのだと見せつけて、必死にイエルハルトは表に立ってきた。その一方で、王宮の内部が蝕《むしば》まれていくのも感じていた。

そうして、渦巻く妬みや蔑みの中心に弟妹がいるのを見るたび、自分の中身も腐っていくような気がしていた。

書庫には地図や様々な資料が広げられている。今さらと言われながらも、マデレーネは戦おうとしている。

それは、カイルの側について、イエルハルトを責めようとしているのではなく。

「王家を守るため、国を混乱させないために、イエルハルトお兄様のこれまでがあったのなら」

顔をあげたマデレーネは、涙に濡れる瞳でイエルハルトを見つめた。

エリンディラは、継母として踏み込まない距離をたもっていた。

けれどもマデレーネは、踏み込んだ。

イエルハルトを兄と呼び、手を握って、訴えている。

「わたくしたちは、同じ未来を望んでいるのではありませんか？」

「――俺は」

もともと王太子という器ではなかったのだろう。ただ、父を助けなければと思って、次には弟を守らなければと思って、つかむ手を間違えたと気づいたときには引き返せなくなっていた。

「わたくしは、イエルハルトお兄様のお心を知りたく思います」

イエルハルトの手を握りなおして、マデレーネは花のほころぶような笑顔を見せる。冷たかった手には少しずつぬくもりが移っていた。

「わたくしはそのために王都へ戻ってきたのです」

母妃と似てばかりだと思っていたマデレーネは、いつのまにか違う強さを身につけたらしい。

そのきっかけがどこにあるのかといえば、あの成り上がりと呼ばれた子爵なのだろう。王宮に閉じ込められて育った姫と、王都すら知らぬ地方領主のくせに、案外似た者夫婦だったのだ。

――あなたの選択は間違っていなかった。

アランの言葉を思いだし、イエルハルトは唇を歪める。

「俺を相手に惚気《のろけ》るとはいい度胸だったな」

「え？」

不思議そうに聞き返すマデレーネに、イエルハルトは首を振った。

◆

執務室に戻ったイエルハルトを、昼食を持ったカトリーナが待っていた。不安そうな顔をして開かないドアを見つめるカトリーナの表情に、鍵をかけて部屋を出たのだったと思いだす。

身支度以外でイエルハルトが執務室を留守にすることは滅多にない。だからカトリーナはイエルハルトがどこに行ったかもわからずに、おろおろと帰りを待っていたのだろう。

「イエルハルト様、昼食を持ってまいりました」

自分に気づきほっとした笑顔を浮かべるカトリーナがなぜか眩しく思えて、イエルハルトは目を瞬かせた。

ポケットから鍵をとりだしてドアを開け、ぼんやりと室内を眺める。

細長い部屋の奥には執務机が置かれ、別の壁際にはテーブルとソファが置かれて、カトリーナが食事の準備を始めている。

今日の食事には、スープとパンのほかにローストビーフをのせたサラダがつけられていた。当初の消化のよいものをという目的を、このところ料理人は忘れがちであるようだ。

黙って座り、ふたりは会話のないまま食事を進めた。

もうすぐ食べ終わるというところで、イエルハルトは執務机に積まれた書類の束に目を留めた。

マデレーネは踏み込んだ。だがその前にイエルハルトの心に踏み込んだのは、カトリーナだ。

「カトリーナ嬢」

名を呼んでから、声に出したのは久しぶりだと思いだす。

「はい？」

隣のイエルハルトを振り向き、カトリーナは目を見開いた。

（……笑っていらっしゃる？）

「パンくずがついている」

イエルハルトの指が口元に触れた。それだけで真っ赤になってしまうカトリーナを、暗青色の瞳が見つめている。

「俺が王太子を退いたらどうする？」

その言葉は、イエルハルトにも無意識だったかもしれない。

自分の望む未来は、カイルやマデレーネのようにたいそうなものではない。だからマデレーネの前では押しとどめたのに、カトリーナの顔を見たらそのまま声になって出てしまったのだ。

カトリーナは唇をわななかせてイエルハルトを見上げた。

イエルハルトが未来について語ったのは初めてだ。それも、ふたりの将来についてを。

（それがこれなんて――）

なんて悲しい。

それでも、答えは決まっている。

「なにがあっても、おそばにおります……!!」

もう泣かないと思っていたのに、あふれる涙を抑えきれず、カトリーナはイエルハルトに縋りついた。

「わたくしにできることがあれば、どうぞおっしゃってください。なんでもします。寝ずに働きますわ。どこへでも行きます」

心を隠した婚約者は、馴れ馴れしい言葉を望まないだろう。そう思って隠していた願いだった。

涙で濡れた視界では、イエルハルトがどんな表情をしているのかはわからない。

けれども、ぎこちない指先が髪を撫でてくれる感触だけは伝わった。

◆◇◆

大量の資料に囲まれながら、無意識に寄ってしまった眉根を戻して、マデレーネは息をついた。

直轄領の記録は王宮の書庫に収められているはずだった。だが、アランとともに丸一日さがしても、この十年間の記録は見当たらない。

　最後の記録は飢饉の年のものだ。とくに北部に近い直轄領では、それまでの豊作が嘘のように悲鳴じみた数字が並んでいる。その裏に数々の悲しみを見ながらも、マデレーネは資料を閉じた。

　今は過去を悔やむ時間ではない。アランとマデレーネがここへきたのは、直轄領の財政を立て直す手立てを考えるためだ。

　そのためには直轄領の状況を知る必要があるのだが、売却された領地だけでなく、まだ王家が所有権を持っているはずの領地の記録もない。丸ごと持ちだされたようだった。

「カイルお兄様は明後日には戻られるそうよ」

「俺のほうもそろそろだろう」

　応えるアランに頷き、マデレーネは書庫を見まわした。

「カイルお兄様がお帰りになる前に資料に目を通しておきたかったけれど……まさか、フォルシウス公爵が持っているのかしら？」

「だが、フォルシウス公爵は王家に収入権を貸すと言ったのだろう」

「そうよね。それに、売却していない領地のものは、王家に記録がないとおかしいわよね」

　一か所だけ、マデレーネには心当たりがあった。

（でも、あの場所は、イエルハルト様が――）

　考え込むマデレーネの耳に、ノックの音が届いた。書庫の入り口にカトリーナが立っている。

　よろこびを抑えているような、なのにまなざしには緊張感の宿る不思議な表情で、カトリーナはマデレーネを見つめた。

「マデレーネ様。先ほど、イエルハルト様が部屋でお休みになるとおっしゃって」

いつものように食事をとったあと、イエルハルトはぽつりと、「疲れた」と言った。それもまた、カトリーナにとっては初めて、イエルハルトが自分について語った言葉だった。

自室で仮眠をとるからと執務室を出たイエルハルトは、ともに部屋を出たカトリーナに、伝言を頼んだ。

「そのあいだ、マデレーネ様が執務を行うようにと、執務室の鍵をお預かりしました」

壊れもののように両手でさしだされたのは、通し輪についたふたつの鍵。大きなものは執務室の、小さなものは室内にある戸棚の鍵だ。

「イエルハルト様が、わたくしに？」

「はい。――カイル殿下が戻るまでに必要だろうから、とおっしゃって」

「わかりました」

うかがう視線を向けるカトリーナに、マデレーネは大きく頷いた。

鍵を開けて入ると、執務机には整理されないままの書類が積みあげられていた。鍵を託されたマデレーネは、躊躇することなく近づき、紙片を手にとる。

（マデレーネ様には、わかっていらっしゃったのだわ）

執務室に閉じこもったイエルハルトがなにをしているのか、王宮にきたばかりのカトリーナには想像がつかなかった。

食事を運ぶようになって見たイエルハルトは、いつも書類を眺め、手元になにかを書きつけ、難しい顔をしている。しかし、実質の政治はフォルシウス公爵邸へ移ったのだ。イエルハルトのもとに届くのはフォルシウス邸でつつがなく整えられ決裁を待つだけの書類のはず。

　この目で確かめればきっと切なさに押し潰されるのだろうと予感しながらも、書類の一枚をおそるおそると持ちあげ、カトリーナは目を通す。

「……これは……」

　重ねられた幾枚もの紙は、直轄領の詳細な報告書だ。領土面積、都市や村の名とそれぞれの人口、地形や田畑の割合から商工業組合《ギルド》の一覧、訴訟、役人たちの素性、作物の生育状況、毎年の収税状況、その他ありとあらゆる情報。

　それらをもとに、検討し、計算し、新たな制度の立案と産業の奨励など、役人に与えるべき指示が書き連ねてある。

「イエルハルト様は、戦おうとしておられたのですね……？」

　頷くマデレーネの隣で、アランも眉をひそめて書類を眺めた。

　一瞥してすぐにわかった。ノシュタット領の何倍もあろうという直轄領の経営と、国王の代理としての政務を、イエルハルトはひとりで抱え込もうとしていた。

　それが彼の過ちであり、苦しみでもあったのだ。

　計算の最後には必ずペンで取消がしてある。

　これでは足りないのだ。どれほど地道に発展を積みあげようと、公爵には追いつけない。密輸という手段で利益を手にする者には。

それを理解し、イエルハルトはフォルシウス公爵の駒となることを受け入れた。

だが一方で、それ以上の侵攻を食い止めるためにまだ戦おうとしていた。

「イエルハルトお兄様は、幼いころから国政を学んでおられました。……カイルお兄様もわたくしも、お力になろうと誓いあいましたのに……」

マデレーネの瞳から透明な涙が落ちる。

きっと何年も、イエルハルトは希望を見いだそうとしてきたのだ。

ぽろぽろと涙をこぼすマデレーネの肩を抱き、アランは金髪を撫でた。

自分も涙で汚してしまいそうで、カトリーナは書類から手を離す。

自室に戻り、イエルハルトは眠れただろうか。夢を見ることができるだろうか。その夢は彼の心を穏やかにしてくれるだろうか。

◆◇◆

すでに日が沈んだころになって、ノシュタット邸の門を叩く者があった。また王子殿下かと飛びだしていった門番は訪問者の顔を見て首をかしげた。見知らぬ顔ばかりのうえに、皆どこか疲れた感じがする。

ただ、彼らの背後の馬車には紋章が掲げられていて、貴族が乗っていることは一目でわかった。

今この屋敷には主人夫妻はいない。奥様は王宮へ行き、第二王子殿下が訪ねてきたと思ったら旦那様まで王宮へ行って帰ってこない。

「お名前を頂戴できますでしょうか」

若い、執事らしき身なりの青年に門番は声をかけた。

「リルケ子爵夫妻だ。私はノシュタット領の家政を預かる執事スウェイ・レーヴ」

「え、ええ？？？」

「こちらの管理人はロブ・ジャン殿と聞いている。とりついでいただきたい」

若さに似合わぬ冷徹な声で告げられて、門番は言われるがままに屋敷へ走っていった。

すぐに門番は駆け戻ってきて、慌てて門を開ける。屋敷の玄関も開かれ、ロブを筆頭に使用人たちは勢ぞろいして客を迎えた。

馬車から降りてきたリルケ夫妻に手を貸し、スウェイは彼らの背後に控えた。

「失礼いたしました。ただいま主人アランは王宮へ参上しておりまして、戻りはわかりません。今晩はこの屋敷にお泊まりください」

ロブが頭をさげるのに、リルケ子爵もヴェロニカ夫人も頷いた。

「手紙を出したのだけれども、遅かったみたいね。慌てさせてごめんなさいね」

「王宮に行かれたのではと思ってはいたのだ。明日、我々も王宮で殿下へのお目通りを願うことにしよう」

ふとヴェロニカは使用人たちの中に見知った顔を見つけた。

初めてサン＝シュトランド城を訪れた日に、泣きながら自分を叱咤したマデレーネの侍女。その後も城を訪れるたび、いつも緊張した顔をしてマデレーネのそばにいた。

「あなた、たしかユーリアと言ったわね」

「は、はいいいいいっ⁉」

久々のスウェイに見惚れていたところを名指しされたユーリアは、すっとんきょうな声をあげてしまってからハッと気づいて表情を引きしめた。

「マデレーネ様がいらっしゃらないのなら、わたくしについてくださる？」

（ええ⁉）

今度の叫びはちゃんと、心の中だけに留めた。数日前、王子様がお訪ねになってわざわざ自分とお言葉を交わしてくださったときに比べれば、まだ緊張はしないはずだ。たぶん、きっと。

「はい、承知いたしました」

「言葉はいつもどおりでいいのよ」

くすくすと笑い声を立てられて、ユーリアは顔を赤くした。

リルケ夫妻には来客用の寝室のひとつが割り当てられた。

さすがに今のユーリアにはロブとともにてきぱきと部屋を調えるスウェイに見惚れる心の余裕はない。ともに調度の確認をし、部屋を把握しなければならない。なぜならヴェロニカに指名された時点で、夫妻をもてなすのはユーリアの役目になったからである。

「では、わたくしどもはこれで」

頭をさげて出ていくロブとスウェイを見送って、ヴェロニカはユーリアに向きあった。

「マデレーネ様は、供を連れていかなかったのね」

「は、はい。……マデレーネ奥様は、きっと、自分の力でなんとかせねばと思われたんで」

「あの方らしいですわね」

ヴェロニカは目を細めた。

（それに、王家の方々は皆様そうなのでしょうね）

振り返ってみれば、エリンディラ王妃はひたむきな人だった。目標に向かって道を開き、弱音を吐くことがなかった。マデレーネは母譲りの優秀さに穏和な空気をまとい、北部貴族たちの心を開かせたけれども、彼女が本当の胸の内を明かしたのはアランだけだ。

そのことに気づいたアランは、まずは自分の行動を変えることにしたのだろう。リルケ子爵に手紙を書いた。思いがけない便りを受けとって、リルケ子爵はヴェロニカとともに時期外れの王都にやってきた。

「あのう、どうしてリルケ子爵様とスウェイさんが一緒に……？」

「アラン様からの指示なのよ」

それ以上は言えないのだと、ヴェロニカは口元に指を立てる。

「そうそう、サン＝シュトランド城のことは心配ないそうよ。北部が一体となったことで交易は安定しているし、マデレーネ様の教育の成果が出ているって」

ユーリアはほっと息をついた。スウェイが城を離れても問題ないと判断したのなら、きっとそうなのだろう。

「スウェイは執事心得の書を作りあげたらしいのね」

「しつじこころえ……？」

「こんなことが起きた場合にはこうしろ、というガイドブックよ」

「ほおお」

「それがこんなに分厚くてね」

ヴェロニカが指先で示したのは五センチほどもあるだろうか。

（後継者を育てるって言ってたんは、本気だったんですだ……！）

スウェイの〝将来の夢〟を思いだし、ユーリアは目を剥いた。


ようやく王宮への参上の許可が出たのは、翌日の夕刻前だった。

長旅のすえ王都についたのだ、疲れていないはずはないのに、リルケ夫妻はふたりともそのことを顔色に出さない。

すばやく着替えをすませると、手際がいいとユーリアにお褒めの言葉までくれた。

夕日に赤く染まった玄関で、使用人たちは勢ぞろいしてリルケ夫妻を見送った。

「では、行ってくるわね」

「このたびのこと、心より御礼申し上げます」

リルケ子爵の腕をとり馬車へ歩もうとするヴェロニカに、ロブが深々と頭をさげた。

背後に並ぶ使用人たちも皆ロブに倣《なら》って低頭する。

　一緒になって頭をさげながら、正直に言えばユーリアは驚いていた。この屋敷の人々は王都の出身で、雇われた者ばかりだと聞いていたから。

　そんな疑問に答えるかのように、ロブは顔を伏せたままに語った。

「私は先代様に――ジャレッド様に拾われました。先代様のことを知るのはもう私だけですが、忠義の心だけは部下たちに教えてきたつもりです。貴族という想像もつかない立場の中で、こうして親身になってくださる方がどれだけ得難いことか、よくわかっております」

　ユーリアの脳裏に昨夜のことがよみがえった。ヴェロニカはユーリアとも親しく話をしてくれた。でも一年前を思い起こせば、彼女はアランを毛嫌いしていた。ユーリアだって、自分の主人が周辺領の貴族たちには嫌われているらしいというだけで、ヴェロニカのことなど知らなかった。

　縁を結んでくれたのは、マデレーネだ。

「さしでがましい言葉をお許しください」

「ええ、いいわ。ね、あなた」

「ああ」

　リルケ子爵も頷いた。その言葉にようやくロブは顔をあげ、「ありがとうございます」と笑顔になった。

「なにかアラン殿に伝えることはあるかい」

「では――」

ロブは隣に立つスウェイを見た。リルケ子爵の視線がスウェイに移る。正面から見据える思慮深げな瞳を堂々と見つめ返し、スウェイは言った。

「旦那様と奥様にお伝えください。我々はおふたりのご決断に従いますと」

生真面目そうなリルケ子爵の目元にやさしいほほえみがよぎったのを、ユーリアは見た。

◆◇◆

丸一日眠り続けて、イエルハルトが目を覚ましたときには太陽は高くのぼりきっていた。仮眠と告げたのは方便だったが、それでも我ながらずいぶんと眠ったものだと苦笑する。

テーブルには瑞々しい食事と幾枚かの紙が置かれている。三度食事をとりかえたのだろう婚約者の姿を思い浮かべ、気恥ずかしさが湧くのを感じた。眠り呆ける自分を、おそらくは笑顔で眺めていたに違いない。

なにがあってもおそばにおりますと、カトリーナは約束してくれた。

食事をすませ、身支度を整えると、最後に残った唯一の侍従からリルケ子爵夫妻が謁見を願っていると告げられた。

「通せ」

これまでなら追い返していた地方貴族に会ってみようと思ったのは、マデレーネが彼らになにをもたらしたのかを見てやろうと思ったからだ。

「待て。カトリーナ嬢はまだいるか？」

頭をさげて出ていこうとする侍従を呼び止め、イエルハルトは尋ねた。

「お呼びいたしましょう」

妙な尋ね方をする主になにかを感じとった侍従は、気を利かせてそう言った。自分と同じく感情を見せないよう苦心していたはずの侍従は、なぜかにっこりとほほえんでいる。その笑顔に苦笑を返し、イエルハルトは首を振った。

「ここに呼ぶ必要はない。今から父上の部屋に行く。彼女も連れてきてくれ」

第七章 ◇ はじまり

謁見の間で、表情を消したイエルハルトは、リルケ子爵夫妻を見下ろしていた。物腰の柔らかそうな、悪く言えば気の弱そうな子爵の隣には、彼とは正反対に凛々しいとも言えるまなざしを持った夫人が控えている。

リルケ子爵は国の財政に関わっていたことがある。結婚し、爵位を継いでからは領地の経営にも忙しく、徐々に王宮での仕事の割合を減らしていったが、飢饉のあとまで王都にはいた。ほかの者に比べれば王家の財政には明るい。

セルデンからの報告によれば、エリンディラの借金がフォルシウス公爵からなされたものだと明らかにしたのはこの男だったという。

(諫言《かんげん》でもしにきたか)

王太子に楯突こうという勇気は認めるが、正論を吐くだけなら誰にでもできる。

「王太子殿下におかれましては、御多忙の中拝謁を賜りまして、真にありがたく存じます」

「御託はいい。用件を言え」

挨拶を遮りイエルハルトは首を振った。

元出納役《すいとうやく》が今の王宮を見ればどういう状況かはわかるはずだ。普段どおりの仰々しい挨拶は慇懃にすぎる。

それでも、リルケ子爵は王宮へやってきた。実質的に権力を奪ったフォルシウス公爵のいる屋敷ではなく、正式な国王の代理であるイエルハルトのもとへ。

「はい。それでは」

深々と頭をさげたリルケ子爵は、両手で数枚の文書をさしだした。侍従がそれを受けとり、イエルハルトへ渡す。

顔をあげてもなお視線を伏せて敬意を示すリルケ子爵に、この男はこういう男だったと思いだした。決められた礼儀や格式を重んじ、あまり融通の利かない性格だ。

諫言の書なら破り捨ててやろうと文書に目を通し、イエルハルトは目を瞠った。

「これは」

「北部の領主たちより、王太子殿下への忠誠を誓う署名にございます」

子爵はまっすぐにイエルハルトを見た。

思いがけない強いまなざしにイエルハルトはたじろいだ。それを顔色に出すほど政治にもの慣れないわけではないが、それでもたしかに驚いた。

数枚の紙には、セルデン伯爵領、リルケ子爵領、ゴード男爵領などをはじめとして、北部地域の領主たちの署名と、数々の名産物や数字が書かれていた。

「そこに記載したとおりのものが、ひと月以内に王宮へ揃う予定です」

アランから届いた手紙に書かれていたのは、スウェイを使い、領主たちから協力をとりつけてほしいという依頼だった。

壮大な構想にも目を丸くしたが、それよりもリルケ夫妻が驚いたのは、アランが他人を頼ったということだった。ひとりで生き、ひとりで領地を守り抜いてきたアランが、他家の力を借りようというのだ。

本気なのかとまだ半信半疑でサン゠シュトランド城を訪ねれば、出迎えたスウェイは考え込むこともなく多額の献金に加え、交易で得られる異国の織物や香辛料、ノシュタット領で収穫できる作物などを書き連ねた。

「旦那様からは、ノシュタット領の財政は隠さなくてよいと言われておりますので」

これまでそうした情報を隠していたのは、イエルハルトの監視から逃れるためだった。もうその必要はない。

現在の北部の発展はノシュタット領を中心としている。その内政をよく知るスウェイを同行させたことで、他領との交渉もすんなりと進んだ。どの作物をどれほど蓄えれば安心できるのか、今後の交易の見通し、値上がりの期待できそうな特産品などを、スウェイは惜しげもなく語ってくれた。

披露目の晩餐会に訪れた領主たちは、想像よりもはるかにノシュタット領が発展していることを身をもって実感している。それだけに、自領が発展する未来も信じることができた。

なにより、アランとマデレーネの助けになることを、誰もが望んだ。

北部領主たちが献上すると約束した品々は、リルケ子爵が想像したよりもずっと多くなった。

「……ここに記されているのは、北部交易の機密だろう」

連判状ともいえるそれにざっと目を通し、イエルハルトの胸中に湧きあがってきたのは複雑な思いだった。

このひと時の貢ぎ物は王家を救うには足りない。公爵家に売ってしまった直轄領のうちの最も小さなものが買い戻せるかという程度。

だが、目録の真の価値はそこではなかった。どの領地にどれほどの資源があるのか、どう産業を発展させていくかといった手の内を、本来であれば領主たちは隠しておきたいはずなのだ。

王都の商会からすれば、この数枚の紙は喉から手が出るほどほしい価値がある。

「なぜこれを俺にさしだすのだ」

「我々は飢饉の折にも、それ以前にも、王家からの多大なるご支援を得ました。そのご恩に報いなければなりません」

イエルハルトが顔をしかめても、リルケ子爵は目を逸らさなかった。

「王家の財政に関わっていた者のひとりとして、責任を感じております。王太子殿下、わたしは――」

「もういい」

手を振り、イエルハルトは子爵の発言を遮った。

「マデレーネの指図だな」

「……アラン殿も、です」

謁見の前に、彼らはマデレーネに会い、連判状の使い道を相談したはずだ。これをカイルとハーシェルに渡せば、彼らの勝ちは決まる。

なのに、マデレーネはこれをイエルハルトに渡すように言ったに違いない。そして、北部の中心人物となったアランまで同意したという。

「お前たちがどう考えているにせよ、うまい手だとは言えん。俺がこれをフォルシウスに渡して、やつからダグマル商会へ流れれば、フォルシウスはふたたび金の力で権力を買うぞ」

「イエルハルト殿下は使い道を知っておられるはずですと、マデレーネ様はおっしゃいました。我々はマデレーネ様を信じます」

こぼれそうになった舌打ちを押し隠し、イエルハルトは目を閉じた。

燃えあがる気持ちは怒りなのだろうと思う。

食事の隣に置かれていた紙束は、直轄領の再建計画だった。たった一日でこれだけの案を出してくるマデレーネに、嫉妬しないといえば嘘になる。

中央貴族が手を出せなかった北部貴族たちを味方につけて交易を整え、忠誠を誓う連判状まで出させて、直轄領の経営を立て直す道すじを示し——イエルハルトが何年かかってもできなかったことを、マデレーネはやすやすと実現してみせる。

——三人で力をあわせなければ国の繁栄はないと……！

カイルの言葉が耳によみがえる。

「……ひと足遅かったな」

不思議そうに見つめるリルケ子爵を見返し、イエルハルトは立ちあがった。

昨日の自分がこれを手にしていたら、自分はマデレーネの期待どおりに動いただろうか。もう一度奮起して、国を立て直そうとしただろうか。

そんなことはもう、考えても意味のないことだ。

「これはカイルに渡せ」

家臣たちよりも一段高くなった場所に据えつけられた椅子は権威を表すものだ。本当はイエルハルトがいるべき場所ではない。

歩みより、書類を手渡すイエルハルトにリルケ子爵が怪訝な表情になる。

「王太子殿下……?」

「俺はもうすぐ王太子ではなくなる」

揃ってぽかんと口をあけるリルケ子爵夫妻の姿に、愉快さがこみあげてきてイエルハルトは噛み殺しきれない笑いを漏らした。

「国王陛下の許可は得た。いずれ正式な勅命がくだるだろう」

守ろうとして守りきれず、戦おうとして戦いきれず、結局は逃げる自分を、父は叱らなかった。

ただ一言、

「よくがんばってくれた」

といたわりの言葉をかけた。

大扉が静かに開く。

謁見の間の前で待機していたアランとマデレーネは、リルケ夫妻の明るいとは言い難い表情と、その手に握られたままの連判状を見た。

(だめだったか)

声は届かなかったのだと表情を曇らせかけ、夫妻の背後の人物に気づいてアランは姿勢を正す。

「アラン・ノシュタット」

眉根をひそめ、名を呼んだのは、イエルハルトその人だった。

「こざかしい真似をする。――マデレーネ」

それがどういう意味なのかを訊《き》き返す前に、イエルハルトはマデレーネを呼んだ。

イエルハルトを見つめ返す晴れた青空のような瞳が、幼いころの思い出をよみがえらせる。飢饉の前にだって、マデレーネの笑顔に応えてやったことはなかった。成長してからは、彼女に向けるべきではなかった怒りをぶつけ続けた。

それでもマデレーネは、イエルハルトに手をのばした。

「お前、破った婚姻誓約書を持っていっただろう」

「はい」

「あれは捨てておけ。新しいのを用意して父上に承認をお願いしろ」

一瞬きょとんとした表情になってから、マデレーネの頬がじわじわと赤らんだ。

「イエルハルトお兄様……それは……」

「わかったな」

「あの、イエルハルトお兄様はどちらへ？」

そのまま通りすぎてしまうイエルハルトの背に、マデレーネは声をかける。

「カイルはやり遂げるだろう。……俺は、カトリーナを慰めてやらねばならん」

小さな声が、たしかに聞こえた。

◆

トカゲの尻尾切りだな、とフォルシウス公爵は天井を見上げた。

（しかしわしが尻尾の側になるとはな）

ダグマル商会の長がエーゲストを連れてやってきたのは数日前のこと。匿《かくま》ってやってくれという言葉には頷くしかなかった。ダグマル商会が潰れればフォルシウス公爵家に再興の目はない。その時点で弱味を握られていたようなものだった。

（結局は金がすべてだ）

密輸程度なら公爵家そのものがなくなったりはしない。だから今回のことは公爵家とエーゲストの密談で始まったことで、ダグマル商会は知らなかったとするのが一番いい。

「こんなことならね、引き受けなきゃよかったですよ。目先の金に目がくらんじまった。丁稚の小僧がこなくなって、おかしいと思ったんだ。あいつはなにも知らなかったはずだが、密偵だったのかもしれんなあ。それにしても旦那様が匿ってくださって本当によかった」

相手が話しかけてはいけない身分の者だとわからないのか、わかっていて自棄《やけ》になっているのか、エーゲストは問わず語りに後悔をぶちまける。

(ばかなやつだな)

露見しない悪事などない。白日の下にさらされたとき、逃げきれるような悪事にしか手を染めないことだ。

エーゲストはまだ、ここに匿われていれば無事にすごせると信じているらしい。

どこから噂が伝わったのか、貴族たちは蜘蛛《くも》の子を散らすように逃げ帰った。使用人たちも部屋にこもって息をひそめている。

(あの王女殿下と〝成り上がり〟め、思ったよりもずっと手ごわかったな)

王女の借金を押しつけて、王都にまで台頭しつつあるノシュタット家を弱らせ、北部の交易網を奪いとるつもりだった。しかし籠から解き放たれた小鳥のように、マデレーネは力をつけ、ついには手中に置いていたつもりのイエルハルトまでとり戻してしまった。

イエルハルトがフォルシウスの要求を呑まなくなったのはマデレーネが王宮に戻ってから。唯一の救いはカトリーナがあちら側についたことだ。

つらつらと考えているうちに、門の前にダルグレン侯爵家の紋章入りの馬車が何台も現れて、屋敷の中が慌ただしくなった。

「ひえっ」と身をすくめているエーゲストをつまらなそうに眺めながら、フォルシウス公爵は撫でつけた髪をかき乱した。

すぐにカイルとハーシェルが乗り込んでくるだろう。

　カイルは罪状を持っている。エーゲストは捕縛されるが、

（さあ、わしはどうなるか）

　バタンとドアが開いた。兵士たちが詰めかけ、想像どおりにカイルとハーシェルが姿を見せた。なぜかハーシェルはこの場に似つかわしくない異国の少女をおぶっていて、少女を見たエーゲストが「ああっ、密偵はお前だったか！」と声をあげる。

「うるさいやつだ、おとなしく捕まることもできんのか」

「貴様を逮捕する、ナグル・フォルシウス。ダグマル商会を使い、密輸を行っていたな」

　ハーシェルを従え、まっすぐに自分を見つめるカイルの瞳は澄んでいて輝かしい。自分が澱ませてしまった兄君の瞳とは大違いだ。

（必死に守っていたものはこれでしたか、殿下）

　できればうちの娘も守ってやってくださいよ、と心の中で語りかける。

　エーゲストの悲鳴と兵士の怒号にもフォルシウスは動じなかった。

「王宮へきてもらおう」

「もちろん、殿下のお呼び立てならどこへでも」

　にこやかな笑みを見せ、フォルシウスは立ちあがった。エーゲストと違って縄をかけられたりはしない。貴族とはそういうものだ。

『協力してあげるわよ。そのかわりマデレーネと遊べる？』

『ええ、とり許らいましょう。この場にケントの品はありますか？』

『たくさんあるわ。ケントは貴金属の加工に長けている。そのおじさまがつけている指輪もそうでしょうね』

自分にはわからない異国の言葉でハーシェルと少女がなにやら言いあうのを、フォルシウスは引き立てられながら眺めた。

隣に並んだカイルが鋭い視線でフォルシウスを睨みつける。

「マデレーネをノシュタット家に嫁がせるよう、貴様が兄上に言ったのか？」

「今さらそんなことを聞いてどうするのですか」

罪を軽くしていただけますかとおどけて問えば、カイルは汚らわしいものを見るように眉を寄せて顔をそむけた。

◆◇◆

ノシュタット邸へ戻ってきたアランとマデレーネを出迎えたのは、目に涙をたたえたスウェイと、同じく目に涙をたたえたユーリアと、目から涙を噴きこぼしているロブだった。

「旦那様、お役に立てたこと、このスウェイ嬉しく思います」

「奥様‼　奥様〜〜〜っ‼　無事に戻っていらしてよかったですだよ」

「おふたりとも、お疲れになったでしょう。しばらくはゆっくりと……うおおん」

三者三様のよろこびを表現する使用人たちに、アランもマデレーネも笑顔で応えた。

「ユーリアに会えなくて寂しかったわ」

「おらも、奥様はどうしていらっしゃるんかと心配《しんぺぇ》で心配《しんぺぇ》で……」

抱きあうふたりをスウェイが羨ましそうに見ているのを、アランは気づかないふりをした。

「みんなにはね、色々と話さなければならないことがあるのだけど……」

途切れる言葉に、ユーリアが眉を寄せる。マデレーネが言葉を濁すほど言いづらいことなのだろうと予想がついたからだ。

「まず、このたびの披露目の晩餐会は延期となった」

腕組みをしながらアランが告げる。

ナグル・フォルシウス公爵が密輸の罪で引き立てられたのは三日前のことだ。翌日、正式にイエルハルトを王太子から退ける旨の勅命が国王陛下から発された。ただし、第一王子の称号は残され、カトリーナもイエルハルトの婚約者に留まる。

新たな王太子には第二王子カイルが指名され、カイルはダルグレン侯爵ハーシェルを宰相に任命した。中央貴族たちは、このところ王都を賑わせていた政変がついに終わったことを感じとっただろう。

フォルシウス公爵家は代替わりをした。新当主は父との縁を切ると宣言し、王家への忠誠の証として密輸に関わりのない領地も含めたすべての直轄領の返還を申しでた。

「父親に比べて息子のほうは小心者ですね。そのほうがこちらとしてはありがたいが」

「……ハーシェル殿が裏で手をまわされたのでは？」

「さあ？」

アランの問いにハーシェルは肩をすくめて笑った。なんにせよ、牢に押し込められた元公爵が出てきたところで、すでに帰る先はない。

ダグマル商会については、ハーシェルが本店や残りの支店への立ち入り調査を行ったが、北支店以外の店が密輸に関わっていた証拠を見つけることはできなかった。フォルシウス公爵家の庇護を失いつつあるものの、それでもたくましく商売に精を出しているらしい。

ノシュタット家の晩餐会に必要な品々をダグマル商会からとりよせることは難しく、また王宮のほうでもカイルの立太子を祝う式典をせねばならないということで、目もまわる忙しさとなることは確実だった。

「そんなわけで、中止ではないが延期だ。王都が落ち着いてからまた計画すればいい」

「承知いたしました」

屋敷の使用人を代表して、ロブが応えた。

屋敷や庭の改装までして準備を進めていただけに残念ではあるが、この数週間で王族や貴族を立て続けに出迎えた経験を得た今は、ほっとする気持ちもある。

「それから——これが最後の話になるが」

こほん、とアランは咳払いをした。マデレーネも目を泳がせている。

これはなにやら重大発表がくるに違いないと使用人たちは身構えた。が、その威力は想像よりもはるかに大きなもので。

「披露目の晩餐会が延期となったから、俺たちがここにいる理由はない。ノシュタット領に戻る。――ただし、マデレーネは王宮に残る」

「「ええええええっっっ⁉⁉」」

屋敷を揺るがすほどの叫びに、アランは閉口し、マデレーネは眉をさげた。

「ど、どどどうしてですだかっ⁉」

「王家の復興のためにはマデレーネが欠かせない。それはわかるな？」

手配しなおした王宮の人員を教育するにしろ、直轄領の経営方針を決めるにしろ、マデレーネ以上の適任者はいない。申し訳なさそうにしながらも、カイルがマデレーネを留めおきたいと言いだしたのは当然のことだった。

「へえ……でも、それなら旦那様が王都にいらっしゃればええのではねえですか？」

「逆だ。俺はあまり中央に関わらないほうがいい」

今回の件に、アランはマデレーネを通じて関わりすぎている。北部をまとめあげ、中央への進出を狙っているという噂は、図らずも本当のことになってしまった。ポトリダとシエール商会の交易が本格的に始まり、北部領が利益を得るようになれば、中央貴族たちはまた噂話に花を咲かせるだろう。

「面倒なことを言われる前に領地に戻り、中央にはしばらく関わらない」

これが披露目の晩餐会を延期することにした、もうひとつの理由でもあった。

「そんなあ……」

「……旦那様の決定に従いますと言っただろう」

明らかに落胆の表情を浮かべる使用人たちに、アランもつい不機嫌な口調になる。

「あれは、そういう意味ではございませんでした」

スウェイもがっくりと肩を落とす。

あの伝言は、アランが最も望む行動をとれるように――マデレーネとノシュタット家を天秤にかけたとき、迷わずマデレーネを選べるようにと思って言ったことだった。

スウェイの気落ちっぷりに、アランはめずらしいものを見ている気分になった。

（表には出してこなかったが、スウェイもマデレーネを慕っているのだな）

思い返してみれば、アランとマデレーネが一歩を踏みだせなかったとき、強引に背中を押したのはスウェイだった……と、懐かしい記憶を引っぱりだしているアランの隣で、ユーリアだけは執事の真意に気づいていた。

（スウェイさん、旦那様が奥様にメロメロなところを見たかったんですだ……！）

せっせとユーリアが手紙に書いて送っていた王都事情は、スウェイが北部領主たちに協力を願うときにも役に立った。しかしそれ以上にスウェイの期待を膨らませていたのだ。

「あの、スウェイさん」

執事服の袖を引き、ユーリアはこっそりと耳元で囁いた。

「旦那様と奥様は、指輪を受けとる用事があるんですだ。おらの代わりに行きますか？」

「行かせてもらう」

途端、スウェイの首がぐるんとまわってユーリアを向いた。

◆◇◆

マリジス宝飾店を訪れたアランとマデレーネは、店の入り口で手を握りあいながら、おずおずとしたほほえみを浮かべていた。

デートだからと〝おめかし〟をしたマデレーネは、アランの手をとり、馬車を降りた。そして店に入ろうとしたところで、店じゅうから駆けつけてきた従業員たちに、最敬礼の挨拶を受けたのである。

「先日は、王女殿下とは知らず、大変失礼をいたしました」

想定外の歓迎に戸惑うふたりに、深々と頭をさげた支配人が告げる。

王都でマデレーネの降嫁は知られていなかった。それが、今回の政変とも呼べる騒動で、ダグマル商会に近しい商人たち、ついで彼らと取引のある組合や工房へと伝わったらしい。

「いいえ、むしろこんなふうに出迎えていただくほうが恐縮ですわ」

マデレーネは困った顔をしたが、それでも支配人はつき従い、先日よりもさらに豪華な部屋へと案内した。マデレーネたちと同時刻に、カトリーナが通されていた部屋だ。

「本来、王族の方々はこちらにお通しすべきでした」

（一般人と貴族だけでなく、貴族と王族まで部屋を分けているのか）

さすがは王都の宝飾店だとアランは妙な感心をしてしまう。

だが、なにげなく開いた扉の向こうを見た瞬間、アランは硬直した。マデレーネもさすがに目をぱちくりとさせている。

室内には、マデレーネの父――つまりは国王ゲラルトが、血色の戻った顔に穏やかな笑みを浮かべ、カイルに付き添われて座っていた。カイルだけではない、その隣にはハーシェルも、にこにことよろこびいっぱいのレイラも、緊張に魂を飛ばしかけているトビアンもいた。少し離れたところには、リルケ夫妻もいるし、その背後、従業員にこっそりとまぎれてスウェイやユーリア、リュフ、ヨハンもいる。

「皆様……どうして……?」

「さあ、近くへ」

ゲラルトに呼ばれてアランとマデレーネは進みでた。このためだけに用意されたらしい小さなテーブルには新しい婚姻誓約書が広げられて、ペンとインクが置かれていた。

カイルが手に持っていたものをさしだした。純白のレースで縁どりのされたそれは、花嫁の髪を飾るためのベールだ。

「これは、カトリーナからの贈りものだ」

騙されて奪われたとはいえ、手放してしまった直轄領を密輸に使われていた事実は重い。その責任をとる形で、イエルハルトは王太子の座をカイルに譲った。そうでなくとも、イエルハルトは長くマデレーネに冷たい態度をとってきた。

この場に姿を見せないのは、彼らなりの配慮なのだろう。

カイルから受けとったベールをマデレーネにかぶせてやりながら、ゲラルトは視線を伏せてほほえんだ。

「披露目は延期になってしまったが、婚礼の式は挙げてもいいだろうと思ってね」

「ありがとうございます。格段のお心遣い、感謝いたします」

礼をするアランに、ゲラルトも頷く。アランとマデレーネは、王宮であらためて婚姻の申し出をしていた。婚姻誓約書ができるまでしばらく待ってほしいという話だったが、こうして祝いの場を設けてもらえるとは思わなかった。

「君の忠実な執事がよくがんばってくれたよ」

「お褒めにあずかり光栄です。執事スウェイに代わりましてお礼を申しあげます」

アランは再度礼をする。

ユーリアは目を剥いて隣のスウェイを見た。国王からお褒めの言葉をいただいたのだ。指輪を受けとりにいく際の付き添いを代わったはずが、主だった使用人たちが呼ばれて不思議に思っていたら、こんな壮大なサプライズを準備していたとは。

（スウェイさん、もうおらの手の届かねえところに行っちまったですだ……）

そのスウェイはといえば、アランとマデレーネの様子を熱心に見つめている。

手をとりあったまま、ふたりはテーブルの前に歩んだ。アランがペンをとり、婚姻誓約書にサインをすると、次にマデレーネもペンを受けとり、サインをした。

並んだふたりの名は、同じ未来を誓いあう証明だ。

カイルが誓約書を掲げ、ゲラルトにさしだす。

「国王の名において、ここにノシュタット子爵アランと、王女マデレーネの婚姻を認める――ふたりとも、おめでとう。前途洋々たる君たちに、祝福が訪れますように」

室内は歓声と拍手に包まれた。照れくさそうに見つめあうアランとマデレーネの前に、支配人が小箱を捧げもってきた。

ベロアの敷かれた小箱には、ふたつの指輪が収められている。

花をモチーフにしたマデレーネの指輪と、葉をモチーフにしたアランの指輪。どちらも繊細な彫金がされており、花びらの先と、葉の先に、カットしたルビーが嵌め込まれている。

「わたしのルビー、きれい！」

「しー！　レイラ、静かに！」

目を輝かせるレイラの口を、トビアンが慌てて塞ぐ。

そんなふたりに少しだけ緊張を解きほぐされて、アランは小さく笑った。

マデレーネの左手をとると、薬指を指輪に通す。金と真紅の煌めきをもつ指輪は、マデレーネの金髪と染まった頬によく似合った。

マデレーネもまた指輪をとり、アランの薬指にゆっくりと嵌める。

「……マデレーネ」

「なあに、アラン」

厳粛な空気に思わず声をひそめて名を呼ぶと、マデレーネは笑いながら身を寄せる。アランの鳶色の瞳に映る自分は、とても幸せそうに笑っているとマデレーネは思った。

「遅くなってすまなかった。……あなたに生涯の愛を誓う」

「わたくしも。アラン、あなたに生涯の愛を」

応えるマデレーネの腰を抱き、アランはそっと口づけた。

数日後には、アランはノシュタット領へ戻る。自分で決めたことながら後ろ髪を引かれる思いで、アランはマデレーネを抱きしめた。

「――この続きは、ノシュタット領で」

耳元で囁くと、マデレーネも頬を染めて頷いた。

エピローグ ◇ 新婚生活が幸せです

冷たい北風に首をすくめて、ユーリアは馬車に駆けよると開いた窓を閉めようと手をのばした。けれども馬車の窓からひょこりと覗いた顔がユーリアの手を止める。

リボンでまとめた金髪を揺らし、窓から身を乗りだすように景色を眺めているのは、彼女の女主人。

「寒くはねえですか、マデレーネ奥様」

「ええ。それよりも楽しみで、じっとしていられないの」

子どものようなことを言って、マデレーネは目を輝かせる。

マデレーネを王都へ残し、アランが領地に戻ってから、もう三か月にもなる。そのあいだに秋はすぎ去り、冬がやってきた。

マデレーネ付きの侍女頭がそばを離れるわけにはいかないと、ユーリアだけは王都に残った。

王都の冬は暖かかったのだとユーリアはしみじみ思った。北へ行くに連れて寒さが肌に染みる。顔を引っ込めようとしないマデレーネの鼻の先も赤らんで冷たそうだ。

「山が見えたわ。もうすぐサン=シュトランド城よ」

ノシュタット領の地理にすっかり詳しくなったマデレーネは、ユーリアが案内をする前から言い当ててしまう。

そしてマデレーネの言うとおり、いかめしい山城の尖塔が見えてきた。

「……！」

マデレーネが息を呑む気配がした。どうしたのかと尋ねる前に、ユーリアの目にも、毛織りの襟巻をした馬上の人物がはっきりと見える。手綱を持つ手は真新しい革の手袋をつけている。

「アラン！」

馬車の速度がゆるむやいなや、マデレーネは扉を開けて飛びだした。

「奥様⁉」

お転婆な姫だった、というのは第二王子カイルがいつぞやの夜にユーリアへ話してくれたことだけれど、王宮で暮らしたマデレーネはそのころの快活さをとり戻したらしい。

驚きの行動に、アランも慌てて馬からおりた――と、見る間にふたりは抱きあって、アランは自分のコートの中にマデレーネを閉じ込めた。

「上着もなしに飛びだしてきて」

「だってアランが見えたんだもの」

悪びれないマデレーネにアランは苦笑した。まだ到着の連絡も受けていないのに、いてもたってもいられなくなって城を飛びだしてきてしまった自分も似たようなものなのだ。

「――おかえり、マデレーネ」

「ただいま、アラン」

「さあ、新婚生活の続きを」

背を屈めると、ふんわりと笑うマデレーネの唇に、アランは約束どおりのキスを落とした。

門を入ったマデレーネは、彼女の知るサン＝シュトランド城とは違う光景に出迎えられた。

マデレーネが増築した講堂のほかに、さらに別棟が建ち、若い使用人の数も格段に増えている。

敷地内は町なかのような活気に満ち、そして誰もがアランとその隣の金髪の貴婦人を認めるなり、顔を輝かせて駆けよってきた。

「おかえりなさい、旦那様！」

「こちらの方がマデレーネ奥様ですか？」

「初めまして、奥様！」

「ええ、そうよ」

ぐるりととり囲まれて、めずらしく気圧されながらもマデレーネは笑顔で彼らの問いを肯定した。

「聞いたか⁉　ついに、マデレーネ奥様が帰っていらっしゃった！」

「マデレーネ奥様が⁉」

集まってきた者たちは年端もいかない少年少女が多い。そんな彼らが、わあっと歓声をあげ、万歳をするように両手を掲げた、そのときだった。

「――全員、整列ッ‼」

低い、それでいて有無を言わせぬ声が響き渡り、幼い使用人たちの背すじがぴっとのびる。

見る間にその場にいた者たちは玄関へと続く道の両脇に整列し、深々と頭をさげた。

玄関前で彼らに鋭い視線を向けているのは、スウェイだ。

「旦那様が戻られたら整列だと、いつも教えているだろう」

「「「も、申し訳ありませんでしたあああっ‼」」」

声を荒らげるでもなくスウェイは静かに告げるのだが、先ほどまでの賑わいが嘘のように声を揃える使用人たちを見れば、この執事が教育係として絶大な畏怖を持たれているのはわかった。

「あの、いいのよ、顔をあげて」

マデレーネが言うと、出迎えの使用人たちはまた息をあわせて顔をあげ、直立不動の姿勢をとった。スウェイに叱られて多少緊張していた表情は、マデレーネの姿を見ればゆるんでしまう。

「「「おかえりなさいませ、旦那様、奥様！」」」

そう出迎えの挨拶をしたあとは、嬉しそうに互いを肘でつつきあった。

「あの方が、ノシュタットの女神様と呼ばれる……」

「なんて美しいお姿なの。素敵ね」

「さすがは女神様！」

「それに話に聞いていたとおりおやさしい。さっそく村への手紙に書かなくちゃ」

こそこそと交わされる囁きに、マデレーネは頬を染めた。

（め、女神……？）

そういえば、以前アランと町に出たときに、そんなふうに言われたことはある。けれどもまだ続いているとは思わなかった。むしろ熱のこもった視線は今のほうが増えていて。

困惑の表情のマデレーネに、アランは苦笑を浮かべた。

途端に「旦那様がほほえんでる……！」「旦那様の笑顔を初めて見た！」とざわめきが起こり、「私語厳禁！」とスウェイの叱責が飛ぶ。

「この三か月、城で働きたいという志望者が増えてな」

それは、マデレーネの政策がさらなる実を結んだ証でもある。

王都に行く前のマデレーネは、城の使用人たちだけでなく町や村にも教育を拡充しようと計画していた。王都からも、家庭教師アウロラにカリキュラムを増やすよう指示を出した。それらの施策はスウェイによって滞りなく実行され、教師候補として集められた者は教育を受け、それぞれの故郷にまた戻っていった。

教師たちは各自の故郷で、城での暮らしや、気高い領主様に優秀な執事、そんな彼らが敬愛してやまない〝奥様〟のことを語った。結果、城への奉公志望者が殺到し、サン＝シュトランド城はかつてない人口密度となったのであった。

城の内部にも、以前の倍近いメイドがいる。それだけでなく、窓から庭を覗けば、マデレーネの残していった菜園にも人がいるし、背後の裏山は一部を切り拓いて柵をめぐらせ、牛や羊が放牧されていた。

「マデレーネの言うとおり、カリキュラムには幅を持たせ、農業や林業、商工業の初歩にも触れられるようにした。彼らは村に戻り生産力を高めたり、町に留まって経済を発展させたりするだろう」

城内で作物や家畜を育てることは、いざというときの蓄えにもなる。

「よかったわ」

「あとは、他領がどれだけがんばってくれるかだな……」

この成果はノシュタット領だけのものとはならない。なぜなら、マデレーネが王都に留まりカイルを補佐してとりくんだのは、この施策を国内全体に広めるための事前準備だからだ。

一年早く政策を動かしていたノシュタット領を手本として、様々な領主たちがマデレーネの助力のもと同じ計画を立ちあげた。

フォルシウス公爵家から戻った王家直轄領もそうだ。

窓を開き、ノシュタット領の風景の中へマデレーネは手をさしのべる。

(国がゆたかになるためには、そこに住む人々がゆたかにならなければ)

母エリンディラの遺《のこ》した願いにようやく手が届きそうな気がして、マデレーネはほほえんだ。

◆◇◆

底冷えのする朝は、それだけに空気が透き通って美しい。王宮に比べれば無骨な室内を見渡して、マデレーネは大きくのびをした。

質素ともいえる部屋なのに輝いて見えるのは、愛の力というものかもしれない、なんて考えて、思わず口元がゆるんでしまう。

昨夜はアランに抱きしめられて、ぬくもりを感じながらぐっすりと眠った――本当のことをいえば、どうやら働きづめだったらしいアランが、マデレーネを腕に閉じ込めるなり寝入ってしまったのだ。

サン＝シュトランド城に戻ってきて、別々になっていたふたりの寝室が同室になっていたところまではマデレーネの予想どおり。王都の別邸でも同じように暮らしていたのだから、それについては問題ない。

けれども、離れ離れになっていた三か月のあいだ、

「寂しさをまぎらわすため、旦那様は以前のような生活に戻られてしまって……」

スウェイが肩を落としながら語ったのは、頻繁な巡回や夜警の生活だった。冷静な顔をして使用人たちをたしなめていたというのに、一番恋しがっていたのはアランだったのだ。

夕食のときからマデレーネへほほえみを向けていたアランは、食後の時間もマデレーネに寄り添ってすごした。

そうしてマデレーネにおやすみのキスを贈り、腕の中に囲い込んで。

安らかな寝息が聞こえてきたのは、数秒後のことだった。

朝の陽光が差し込む今も、アランはまだ眠りの中にいる。

「ふふ」

アランの顔をゆっくりと眺める機会は初めてかもしれない。王都の屋敷では、アランはたいて

いマデレーネが目覚めると同時に目覚めていた。気を張っていたのだろうと思う。

　濡れたように艶やかな黒髪を撫で、マデレーネは目を細める。

　と、アランの目がぱちりと開いた。

「おはよう、アラン。起こしてしまったかしら」

「いや……おはよう」

　言いながらも、アランは胡乱な目つきで朝の光にあふれる室内を見まわした。

「……まさか、寝落ちたのか」

「ええ、一瞬で」

　黒髪をぐしゃぐしゃとかき乱すアランは落ち込んでいるらしい。

　くすくすと笑っていたら、のびてきた腕がマデレーネを抱きよせた。左手には王都であつらえた金の指輪が輝いている。確かめるように指先をマデレーネの左手に絡めれば、ふたつの指輪は一輪の花を形作った。

　じっと見つめられて、マデレーネの鼓動がどきんと弾む。

（これまでのアランと違うような気がするわ……）

　口調は以前のとおりなのだけれども、態度や視線がどうにも甘い。

（寂しさのせいだけなのかしら？）

「マデレーネ」

　耳元で囁かれる低い声に、頬が勝手に熱くなる。

「……会いたくて、たまらなかった。会えたら、ふたりの時間をすごそうと思っていたのに」

肩口に顔を埋めたアランがぼそりと呟く。

その背を抱き返し、マデレーネは目を閉じた。自分の鼓動と重なるアランの鼓動は、その言葉を裏付けるように響いていて。

「これからたくさんすごせるわ」

そう告げれば、抱きしめる腕には応えるように力がこめられ、頬に柔らかなキスが落ちてきた。

◆

王都から届いた手紙を持ち、書斎を訪れたユーリアは、空っぽの執務机に首をかしげかけ、すぐに奥のソファへ目をやった。

予想どおり、そこにはアランとマデレーネが座っている。執務机ではひとりしか座れないから、多少仕事がしにくくともぴったりくっついているためにはソファのほうが都合がいいのだ。

（書斎も模様替えをせねばならねえすな）

がらりと変わったサン＝シュトランド城にユーリアはまだ慣れないでいる。一番仰天したのは、スウェイが侍女見習いを採用していたことだ。部下を得たユーリアは正真正銘の侍女頭になってしまったのである。

ベルタも、増えに増えたメイド見習いに文句を言っているが、言葉とは裏腹に笑顔は輝いていた。ちなみに人が増えて一番よろこんでいるのはキッチンのカミュ、エミール、ヘレンで、彼らにもついに弟子と呼べる存在ができたのだ。親元を離れて奉公にきた子どもたちに、一生懸命に野菜の洗い方を教えてやっている。リュフがときどき王都仕込みのおやつを出してくれるのは、子どもたちが城で楽しく暮らせるようになのだろうとユーリアは思っている。

「あら、ユーリア。手紙を持ってきてくれたのね」

マデレーネはユーリアを見上げてにこりと笑った。ユーリアもお辞儀をして、アランとマデレーネへ盆にのせた書状をうやうやしくさしだした。

一年前のふたりなら、ユーリアが入ってきた途端に飛びあがって離れていただろう。でも今ではこうして当たり前のように寄り添っている。

人は変わっていくものだ。だからユーリアも変わらなくてはならないのだ。

(マナーと、言葉遣いをちゃんと直して、見習いっ子たちにもきちんと教えて……したらば、スウェイさんも、おらのこと……キャー!)

心の黄色い声を表情に出さないあたり、ユーリアも少しずつは前進している。

「三通もあるわ」

手紙をとりあげ、アランとマデレーネは差出人の名を見た。

「お父様に、ハーシェル様、カトリーナ様」

同じ日に手紙が届くように示しあわせて出したというよりは、マデレーネ同様、それぞれの状況にひと区切りがついたということなのだろう。

封書を開け、アランとマデレーネは手紙を読んだ。

自力で歩けるほどまでに回復したというだけあって、ゲラルトの筆跡はしっかりとしていた。手紙はアランに宛てたもので、披露目の折にはゆっくりと時間をとって王宮を訪ねてほしいというものだった。

「お父様はきっとアランとお話がしたいのね」

王都にいるあいだも、ノシュタット領での暮らしやアランの人となりを語るたびにゲラルトは楽しそうに聞いていた。

三か月で王宮には人が戻った。解雇されたもののふたたび働くことを了承した者も多かったという。それが給金のためだけではないとマデレーネは信じている。

政務に復帰した国王ゲラルトのもと、王太子カイルと宰相ハーシェルの新体制はマデレーネの協力を得てうまく進んだ。直轄領からの収入のみに頼らず、王家主導で諸国との交易を増やし、関税による収入を増やす。これは密輸の対策でもあった。

「ハーシェル様からのお手紙にもそのことが書いてあるわね」

ポトリダの商品を北の隣国へ輸出するためには、ノシュタット領の交易網は欠かせない。ぜひまた王都へきて一度商談を、とハーシェルは望んでいた。

「ようやく王都までの販路ができたところだろう。気が早すぎる」

渋い顔をするアランにマデレーネは眉をさげた。ハーシェルはアランの中でまだ苦手な相手に分類されているらしい。

「せっかくあなたが帰ってきたというのに、俺との時間はどうなる」

「そうね、春になってからでいいかもしれないわ」

「春でも早い」

「アラン……」

　渋面のままのアランに、マデレーネは口をつぐんだ。どうなると拗ねられても、マデレーネも困る。

　答えられずに視線を落とせば、手紙はその後のトビアンとレイラを語っていた。

　レイラは今も王都にいて、ダルグレン邸でトビアンと暮らしている。マデレーネが王宮にいるあいだは、しょっちゅう遊びにきていた。

　ハーシェルが書くところによれば、ふたりはついに将来を誓いあうに至ったらしい。

「トビアン、レイラとけっこん、する？」

「いいぞ。俺もレイラももっと大きくなって、たくさん稼げるようになったらな！」

　そんなほほえましいやりとりを交わしてからしばらくして、レイラがポトリダの長の孫であることを知ったトビアンは、目の玉が飛びでるほど驚いたという。

「……長の孫だったのか」

　トビアンほどでないにしろ、アランも驚いた。マデレーネはにこにこと笑っているところを見ると、察していたのだろう。

「あの年齢でヴァルデローズの言葉を覚え、ケントの刻印を見知っているのなら、普通の子ではないと思ってはいたわ」

商談の場にわざわざ連れてこられたということは、それだけレイラ自身に能力があるということだ。そう考えれば、ポトリダ側がレイラを二つ返事で嫁がせるわけもなく、

「婿にこいと言われてトビアンは悩んでいるって」

諸国を旅し、交易に長けたポトリダの民に、トビアンはすぐに馴染むに違いない。しかし一方で、トビアンの夢は自分の店を持つことだ。

とはいえ、結論を出さなければならないのはまだまだ先のこと。まずは見識を深めるべく、数年はレイラをダルグレン侯爵家で預かる予定だという。

「〝ポトリダとの交易に関する商談は、トビアンとレイラをノシュタット領に派遣して行うこともできます〟……」

最後の最後に書かれた一文を読んで、アランの眉間の皺はますます深くなった。最初からそう書けばいいものを、アランを困らせるためにわざと伏せておいたのだ。

「あいかわらず、あの方は……」

意地が悪い、とこぼすアランをたしなめる気にはなれず、マデレーネも苦笑を漏らした。

最後の手紙はカトリーナからで、直轄領のひとつについたという報せだった。

王太子の座を退いたイエルハルトは、カトリーナとともに直轄領の視察にまわっている。カイルの臣下として働く意思を見せると同時に、書類の上でしか見てこなかった直轄領を実際に確かめたいという思いもあるのだろう。

エリンディラも、領地に足を運ぶことが大切だと考える人だった。

イエルハルトとエリンディラは、案外似ているのかもしれない――本人は否定するだろうけれども。

「北部近くの直轄領を視察する際には、ノシュタット領に立ちよっていただけるそうよ」

（ならセルデン伯爵でも呼んでやるか）と考えかけて、自分も意地が悪いなとアランは首を振った。セルデンからは、アランが王都にいたときすでに書状が届いていた。フォルシウス公爵とは縁を切ったから、これからは自分が北部の顔役を任されてやってもよい、というようなことが書いてあって、要はノシュタット家の庇護下に置いてくれというお願いだ。

「楽しみね」

手紙の最後には、カトリーナからの感謝の言葉が綴られていた。それからイエルハルトの筆跡で、〝すまなかった、ありがとう。またいずれ〟と簡潔すぎる一文が。

読み終わり、マデレーネは目を閉じた。カトリーナが記してくれたところによれば、以前の饒《じょう》舌《ぜつ》さとはうってかわって、イエルハルトは口数少なくすごしているそうだ。でも、自分のことについては口下手な異母兄も、いずれ想いを伝えてくれるようになるだろう。

ノシュタットでは刈入れが終わり、領民たちは冬ごもりに向けて準備を始めている。温かなスープがおいしい季節だ。

イエルハルトとカトリーナは、いったいどんな景色を見るだろうか。

「マデレーネ」

そっと呼ばれた名にマデレーネは目を開けた。アランの手がのびて、マデレーネの頬をやさしく撫でる。と思ったら、視界は鳶色の瞳で遮られ、唇に柔らかな感触が伝わった。

驚きの声をあげる前に、唇はさらに塞がれてしまう。

「デートをしないか。うちの領地にも、王都に負けない品が並ぶようになった」

マリジス宝飾店でアランは、マデレーネを飾る楽しみを覚えてしまった。結局あのときは買わずじまいだったけれども、領地でなら好きなだけ悩み、すべてを買いあげることもできる。

（……もう……）

自分を抱きしめる腕に身をあずけ、マデレーネも目を閉じると、アランの背へと腕をまわした。

甘やかし下手なはずの夫が、いつのまにこんなに甘い雰囲気を身につけたのだろうかと考えながら。


腕を組み書斎を出るアランとマデレーネを、廊下の角からひっそりと見守る人影があった。

スウェイと、ユーリアだ。

「旦那様、人が違ったようですね……」

彼女の女主人と同じ疑問を口にし、首をかしげるユーリアに、なんでもないことのようにスウェイは頷き、

「王都で後手にまわっていたのを、旦那様も気にしていらしたからな。ふたりで特訓した」

「特訓？」

「図書室にあった恋愛小説を読み込み、流行りの芝居にも行った」

「……スウェイさんとおふたりで……ですか……？」

「ああ。意外とハマっていらしたぞ」

スウェイが言うには、アランはそういった恋愛を主題とした物語を敬遠していたのだが、一度読み始めてみれば止まらなくなり、休暇の日には図書室にこもることもあったそうだ。

　一度食わず嫌いの壁をとっぱらってしまえば話は早く、妻に夢中な主人は自然にマデレーネを甘やかす術を身につけてしまった。

　芝居がマデレーネとの思い出につながっていたのもよかったらしい。

「たしかに、自分の身に置きかえればときめくものだな、あれは」

「そうですね。わたしも王都で読んでいましたし、奥様と芝居にも行きました」

　真剣な顔で頷くスウェイに、ユーリアもそんなものかと納得しかけ、

「自分の身に置きかえれば、ときめく……？」

　スウェイの発した台詞が聞き捨てならないものであることに気づき、表情をこわばらせた。

（まさか、スウェイさん……！）

　そういった相手ができたのだろうかと焦るユーリアの背が、とんと壁にぶつかった。鼻先がくっついてしまいそうなほど近くにスウェイの顔がある。

　一瞬の間をおいてから、意識が現実を認識した。

「!?」

「ときめかないか？　これも芝居で人気のシーンだが」

「……はえっ⁉」

「ところでその言葉遣いはどうしたのだ」

「えっと……」

かれこれ半年も王都で暮らし、後半の三か月は貴族たちに領地発展のための計画を説明するマデレーネに付き従っていた。気をつければ訛りは出なくなっている。

侍女として成長したことを示せば、スウェイに褒めてもらえるかと思った。……とは言えずに、ユーリアはおそるおそるスウェイを見上げた。

沈黙するユーリアを、スウェイは険しい顔つきになって覗き込む。

「王都のマリジス宝飾店に、レオナード・ジョルジュという男がいただろう」

「レオナードさんを知っていらっしゃるのですか？」

「旦那様と奥様の式をしたあの日、君をじーっと見ていた。……あの男のために、言葉を変えたのか？」

「ん、んええ？」

話についていけずに、ユーリアはすっとんきょうな声をあげる。

「どうすてレオナードさんが出てくるんですだ？」

動揺のあまり訛りが戻った。それを否定とみなし、スウェイの表情は和らいだ。

けれども、対するユーリアの顔は、どんどん真っ赤になっていく。

「ス、スウェイさん……それって、もすかすて……」

「ユーリア」

壁に背をもたれたままずるずると崩れ落ちていくユーリアの腕を引いて立たせ、スウェイはその耳元に唇を寄せた。

囁いた愛の言葉が主人《アラン》よりもときめくものであったかどうかは、ユーリアだけが知っている。

◆◇◆

アランがマデレーネを連れだした先は、城下町の大通りだった。幌のない馬車から見る大通りは、たった半年のあいだに大きく発展していた。

店は大通りだけでなく交差する道の先までぎっしりと並び、そのどれもが多くの客で賑わっている。警備の姿も見えて、人々は安心して買い物を楽しめるようだ。

「アラン様だ！」

「領主様！」

誰かがあげた声に、その場にいた皆がぱっと顔をあげた。すぐに視線は、アランの隣のマデレーネに集中する。

覚えのある光景に、マデレーネはきゅっとアランの手を握った。

「奥様！」

「ついに奥様が帰っていらっしゃったのですね！」

王都へ行く前に一度だけ、同じように馬車に乗って大通りを進んだことがある。そのときにも居合わせた人々は親しみの笑顔を向けてくれた。

「毎日安心して暮らせるのは、旦那様と奥様のおかげですよ」

「ああ、奥様がたくさんのことを教えてくださった」

「おかえりなさい、奥様！」

おかえりなさい、おかえりなさいと、皆が笑顔で迎えてくれる。そのうち誰かが明るい布の切れ端を投げた。本当は花でも撒きたいところだが、冬の今、その代わりなのだろう。

歓迎のしるしは見る間に周囲に伝わって、色とりどりのリボンや布を振って人々は歓声をあげた。

「――ただいま、みんな」

応えるマデレーネの目には涙が光る。

こんなふうに待っていてもらえるなんて、思ってもみなかった。

アランの肩に頭をもたせかけ、マデレーネはほほえむ。

「ねえ、アラン。わたくし、どこへ行っても必ずここへ戻ってくるわ」

「ああ」

アランも目を細めて頷いた。

輿入れの当初、身分の差にとらわれて離そうとしていた手を、マデレーネは握り返してくれた。

だから王都でなにを言われてもアランはマデレーネの隣に寄り添い続けることができた。

「ここがあなたの居場所だ、マデレーネ」

手をとりあい、ほほえみあうふたりを、人々はさらなる歓声で迎えた。

本書に対するご意見、ご感想をお寄せください。

あて先

〒162-8540 東京都新宿区東五軒町3-28
双葉社　Mノベルスｆ編集部
「杓子ねこ先生」係／「甘塩コメコ先生」係
もしくは monster@futabasha.co.jp まで

売《う》られた王女《おうじょ》なのに新婚生活《しんこんせいかつ》が幸《しあわ》せです②

2023年11月13日　第1刷発行

著　者　杓子《しやくし》ねこ

発行者　島野浩二

発行所　株式会社双葉社
〒162-8540　東京都新宿区東五軒町3番28号
［電話］03-5261-4818（営業）　03-5261-4851（編集）
http://www.futabasha.co.jp/（双葉社の書籍・コミック・ムックが買えます）

印刷・製本所　三晃印刷株式会社

［電話］03-5261-4822（製作部）
ISBN 978-4-575-24693-3 C0093